AF318753

LE PRINCE TRAVESTI.

OU L'ILLUSTRE AVANTURIER

COMEDIE.

A PARIS,

Chez NOEL PISSOT, Quay de Conty,
à la descente du Pont-Neuf, au coin
de la ruë de Nevers, à la Croix d'or.

M. DCC. XXVII.

Avec approbation & Privilege du Roy.

ACTEURS.

LA PRINCESSE *de Barcelonne*.

HORTENSE.

LE PRINCE *de Leon, sous le nom de* L'ELIO.

FREDERIC, *Ministre de la Princesse*.

ARLEQUIN, *Valet de Lelio*.

LISETTE, *Maitresse d'Arlequin*.

UN GARDE *de la Princesse*.

FEMMES *de la Princesse*.

La Scene est à Barcelonne.

LOUIS PAR LA GRACE DE DIEU ROY
DE FRANCE ET DE NAVARRE ; A nos amez
& feaux Confeillers les Gens tenans nos
Cours de Parlement, Maîtres des Requêtes
ordinaires de notre Hôtel, grand Confeil,
Prévôt de Paris, Baillifs, Senechaux, leurs
Lieutenans Civils, & autres nos Jufticiers qu'il
appartiendra, SALUT : Notre bien amé NOEL
PISSOT Libraire à Paris, Nous ayant fait fup-
plier de lui accorder nos Lettres de Permiffion
pour l'Impreffion d'un Ouvrage qui a pour titre,
*Le Prince travefti, l'Heritier du Village, Annibal, le
Dénoüement imprevû* : Offrant pour cet effet de le
faire imprimer en bon papier & beaux caracteres, fuivant la feüille imprimée & attachée pour modele fous le contrefcel des pre-
fentes : Nous lui avons permis & permettons
par ces préfentes de faire imprimer ledit Livre
en un ou plufieurs volumes, conjointement ou
feparément, & autant de fois que bon lui fem-
blera, fur papier & caracteres conformes à lad.
feüille imprimée, & attachée fous notredit
contrefcel; & de le vendre faire vendre & debi-
ter par tout notre Royaume pendant le tems
de trois années confecutives, à compter du
jour de la date defdites préfentes : Faifons
défenfes à tous Libraires-Imprimeurs, & autres perfonnes de quelque qualité & condition qu'elles foient, d'en introduire d'Im-
preffions étrangeres dans aucun lieu de notre
obéiffance, à la charge que ces préfentes
feront enregiftrées tout au long fur le Regiftre de la Communauté des Libraires & Imprimeurs de Paris, dans trois mois de la date d'i-
celles, que l'Impreffion de ce Livre fera faite
dans notre Royaume & non ailleurs, &
que l'Impetrant fe conformera en tout aux

Reglemens de la Librairie ; & notamment à
celui du dixiéme Avril 1725. & qu'avant
que de l'expofer en vente, le Manufcrit ou
Imprimé qui aura fervi de Copie à l'Impreffion dudit Livre, fera remis dans le même
état où l'Approbation y aura été donnée ès
mains de notre très-cher & féal Chevalier
Garde des Sceaux de France le Sieur Fleuriau
d'Armenonville, Commandeur de nos Ordres, & qu'il en fera enfuite remis deux
Exemplaires dans notre Bibliotheque publi-
que, un dans celle de notre Château du Lou-
vre, un dans celle de notredit très-cher, &
féal Chevalier Garde des Sceaux de France le
Sieur Fleuriau d'Armenonville, Commandeur
de nos Ordres, le tout à peine de nullité des
préfentes, du contenu defquelles vous man-
dons & enjoignons de faire joüir l'Expofant
ou fes ayans caufes pleinement & paifible-
ment, fans fouffrir qu'il leur foit fait aucun
trouble ou empêchement. VOULONS qu'à la
Copie defdites préfentes qui fera imprimée
tout au long au commencement ou à la fin
dudit Livre foy foit ajoûtée comme à l'Original. COMMANDONS au premier notre Huif-
fier ou Sergent de faire pour l'execution d'i-
celles tous Actes requis & neceffaires fans
demander autre permiffion & nonobftant cla-
meur de Haro, Charte Normande & Lettres à
ce contraires ; CAR tel eft notre plaifir. DON-
NE' à Paris ce huitiéme jour du mois de May,
l'an de grace mil fept cens vingt-fept ; & de
notre Regne le douziéme. Par le Roy en fon
Confeil. *Signé*, SAMSON.

*Regiftré fur le Regiftre VI. de la Chambre Royale
des Libraires & Imprimeurs de Paris, N°. 642. fol.
514. conformément aux anciens Reglemens confirmés
par celui du 28. Fevrier 1723. A Paris le neuf May
mil fept cens vingt-fept.* BRUNET, *Syndic.*

LE PRINCE TRAVESTI.

ACTE PREMIER.

SCENE PREMIERE.

LA PRINCESSE, HORTENSE.

La Scene represente une Salle où la Princesse entre rêveuse accompagnée de quelques femmes qui s'arrêtent au milieu du Théatre.

LA PRINCESSE *se retournant vers ses femmes.*

ORTENSE ne vient point, qu'on aille lui dire encore que je l'attends avec impatience. (*Hortense entre*). Je vous demandois, Hortense.

A

HORTENSE.

Vous me paroissez bien agitée, Madame.

LA PRINCESSE. *à ses femmes.*

Laissez-nous, (*à Hortense*) ma chere Hortense ; depuis un an que vous êtes absente, il m'est arrivé une grande avanture.

HORTENSE.

Hier au soir en arrivant, quand j'eus l'honneur de vous revoir, vous me parutes aussi tranquille que vous l'étiez avant mon départ.

LA PRINCESSE.

Cela est bien different, & je vous parus hier ce que je n'étois pas ; mais nous avions des témoins, & d'ailleurs vous aviez besoin de repos.

HORTENSE.

Que vous est-il donc arrivé, Madame ; car je compte que mon absence n'aura rien diminué des bontez & de la confiance que vous aviez pour moi.

LA PRINCESSE.

Non sans doute, le sang nous unit, je sçai votre attachement pour moi, & vous me serez toujours chere ; mais j'ai peur que vous ne condamniez mes foiblesses.

HORTENSE.

Moi, Madame, les condamner. Eh n'est-ce pas un défaut que de n'avoir point de

foibleſſe ? Que ferions - nous d'une perſonne parfaite ? à quoi nous ſeroit-elle bonne ? Entendroit-elle quelque choſe à nous,
à notre cœur, à ſes petits beſoins ? quel
ſervice pourroit-elle nous rendre avec ſa
raiſon ferme & ſans quartier, qui feroit
main baſſe ſur tous nos mouvemens ?
Croyez-moi, Madame, il faut vivre avec
les autres, & avoir du moins moitié raiſon
& moitié folie, pour lier commerce, avec
cela vous nous reſſemblerez un peu; car
pour nous reſſembler tout à fait, il ne faudroit preſque que de la folie ; mais je ne
vous en demande pas tant : Venons au fait.
Quel eſt le ſujet de votre inquietude ?

LA PRINCESSE.

J'aime, voilà ma peine.

HORTENSE.

Que ne dites-vous j'aime, voilà mon
plaiſir ; car elle eſt faite comme un plaiſir
cette peine que vous dites.

LA PRINCESSE.

Non, je vous aſſure, elle m'embaraſſe
beaucoup.

HORTENSE.

Mais vous êtes aimée, ſans doute ?

LA PRINCESSE.

Je croi voir qu'on n'eſt pas ingrat.

HORTENSE.

Comment vous croyez voir ? celui qui

vous aime met-il son amour en énigme ?
Oh, Madame, il faut que l'amour parle
bien clairement & qu'il répéte toujours,
encore avec cela ne parle-t-il pas assez.

LA PRINCESSE.

Je régne, celui dont il s'agit ne pense
pas sans doute qu'il lui soit permis de s'expliquer autrement que par ses respects.

HORTENSE.

Eh bien, Madame, que ne lui donnez-
vous un pouvoir plus ample ; car qu'est-ce
que c'est du respect : L'amour est bien en-
veloppé là-dedans, sans lui dire précisément, expliquez-vous mieux, ne pouvez-vous lui glisser la valeur de cela dans
quelque regard ? avec deux yeux ne dit-on
pas ce que l'on veut ?

LA PRINCESSE.

Je n'ose, Hortense, un reste de fierté
me retient.

HORTENSE.

Il faudra pourtant bien que ce reste-là
s'en aille avec le reste, si vous voulez vous
éclaircir. Mais quelle est la personne en
question.

LA PRINCESSE.

Vous avez entendu parler de Lelio.

HORTENSE.

Oüi, comme d'un illustre Etranger,
qui ayant rencontré notre Armée y servit

Volontaire il y a fix ou fept mois, &
à qui nous dûmes le gain de la derniere
Bataille.

LA PRINCESSE.

Celui qui commandoit l'Armée l'enga-
gea par mon ordre à venir ici, & depuis
qu'il y eft, fes fages confeils dans mes
affaires ne m'ont pas été moins avantageux
que fa valeur, c'eft d'ailleurs l'ame la plus
généreufe .. ..

HORTENSE.

Eft-il jeune?

LA PRINCESSE.

Il eft dans la fleur de fon âge.

HORTENSE.

De bonne mine?

LA PRINCESSE.

Il me le paroît.

HORTENSE.

Jeune, aimable, vaillant, généreux, &
fage, cet homme-là vous a donné fon
cœur, vous lui avez rendu le vôtre en revanche, c'eft cœur pour cœur, le troc eft
fans reproche, & je trouve que vous avez
fait-là un fort bon marché. Comptons ;
dans cet homme-là vous avez d'abord un
Amant, enfuite un Miniftre, enfuite un
Général d'Armée, enfuite un Mari, s'il
le faut, & le tout pour vous : Voilà donc
quatre hommes pour un, & le tout en

un feul, Madame ; ce calcul-là mérite attention.

LA PRINCESSE.

Vous êtes toujours badine. Mais cet
homme qui en vaut quatre, & que vous
voulez que j'épouse, sçavez-vous qu'il
n'eft, à ce qu'il dit, qu'un fimple Gentil-
homme, & qu'il me faut un Prince. Il
eft vrai que dans nos Etats le privilege des
Princeffes qui régnent, eft d'époufer qui
elles veulent ; mais il ne fied pas toujours
de fe fervir de fes privileges.

HORTENSE.

Madame, il vous faut un Prince, où un
homme qui mérite de l'être, c'eft la même
chofe ; un peu d'attention, s'il vous plaît.
Jeune, aimable, vaillant, généreux & fage, Madame, avec cela fut-il né dans
une chaumiere, fa naiffance eft Royale,
& voilà mon Prince, je vous défie d'en
trouver un meilleur ; croyez-moi, je parle
quelquefois ferieufement, vous & moi
nous reftons feules de la famille de nos
Maîtres, donnez à vos Sujets un Souverain
vertueux, ils fe confoleront avec fa vertu
du défaut de fa naiffance.

LA PRINCESSE.

Vous avez raifon, & vous m'encoura-
gez ; mais, ma chere Hortenfe, il vient
d'arriver ici un Ambaffadeur de Caftille,

dont je sçai que la commission est de demander ma main pour son Maître, aurois-je bonne grace de refuser un Prince pour n'épouser qu'un particulier.

HORTENSE.

Si vous aurez bonne grace? eh qui en empêchera? quand on refuse les gens bien poliment, ne les refuse-t-on pas de bonne grace?

LA PRINCESSE.

Eh bien, Hortense, je vous en croirai, mais j'attends un service de vous, je ne sçaurois me résoudre à montrer clairement mes dispositions à Lelio. Souffrez que je vous charge de ce soin-là, & acquittez-vous-en adroitement dès que vous le verrez.

HORTENSE.

Avec plaisir, Madame, car j'aime à « faire de bonnes actions. A la charge que « quand vous aurez épousé cet honnête « homme-là, il y aura dans votre histoire « un petit article que je dresserai moi- « même, & qui dira précisément ; ce fut « la sage Hortense qui procura cette bonne « fortune au Peuple, la Princesse craignoit « de n'avoir pas bonne grace en épousant « Lelio : Hortense lui leva ce vain scru- « pule, qui eut peut-être privé la Répu- « blique de cette longue suite de bons «

» Princes qui reſſemblerent à leur Pere;
» voila ce qu'il faudra mettre pour la gloire
» de mes deſcendans, qui par ce moyen
» auront en moi une Ayeule d'heureuſe
» mémoire.

LA PRINCESSE.

Quel fond de gayeté ? . . . . . . mais ma
chere Hortenſe, vous parlez de vos deſcendans, vous n'avez été qu'un an avec
votre mari, qui ne vous a pas laiſſé d'en-
fans, & toute jeune que vous êtes, vous
ne voulez pas vous remarier, où prendrez-
vous votre poſterité ?

HORTENSE..

Cela eſt vrai, je n'y ſongeois pas, &
voilà tout d'un coup ma poſterité anéan-
tie . . . . . Mais trouvez-moi quelqu'un qui
ait à peu près le mérite de Lelio, & le
goût du mariage me reviendra peut-être;
car je l'ai tout à fait perdu, & je n'ai point
tort. Avant que le Comte Rodrigue m'é-
pouſât, il n'y avoit amour ancien ni mo-
derne qui pût figurer, auprès du ſien.
Les autres Amans auprès de lui rampoient
comme de mauvaiſes copies d'un excellent
original : C'étoit une choſe admirable,
c'étoit une paſſion formée de tout ce qu'on
peut imaginer en ſentimens, langueurs,
ſoupirs, tranſports, délicateſſes, douce impatience, & le tout enſemble, pleurs de

joye au moindre regard favorable , torrent
de larmes au moindre coup d'œil un peu
froid , m'adorant aujourd'hui , m'ido-
latrant demain, plus qu'idolatre enfuite ,
fe livrant à des hommages toujours nouveaux ; enfin fi l'on avoit partagé fa paffion entre un million de cœurs , la part de
chacun d'eux auroit été fort raifonnable ,
j'étois enchantée ; deux fiécles , fi nous
les paffions enfemble , n'épuiferoient pas
cette tendreffe-là, difois-je en moi-même ,
en voilà pour plus que je n'en uferai ; je ne
craignois qu'une chofe , c'eft qu'il ne mou-
rût de tant d'amour avant que d'arriver au
jour de notre union. Quand nous fûmes
mariez , j'eus peur qu'il n'expirât de joye.
Helas , Madame , il ne mourut ni avant
ni après , il foûtint fort bien fa joye. Le
premier mois elle fut violente ; le fecond
elle devint plus calme à l'aide d'une de
mes femmes qu'il trouva jolie ; le troifiéme
elle baiffa à vûë d'œil , & le quatriéme il
n'y en avoit plus. Ah c'étoit un trifte per-
fonnage après cela que le mien.

LA PRINCESSE.
J'avoüe que cela eft affligeant.

HORTENSE.
Affligeant , Madame , affligeant ; ima-
ginez vous ce que c'eft que d'être humiliée,
rebutée, abandonnée , & vous aurez quel-

que legere idée de tout ce qui compose la
douleur d'une jeune femme alors. Etre
aimée d'un homme autant que je l'étois,
c'est faire son bonheur & ses délices, c'est
être l'objet de toutes ses complaisances,
c'est regner sur lui, disposer de son ame,
c'est voir sa vie consacrée à vos désirs, à
vos caprices, c'est passer la votre dans la
flateuse conviction de vos charmes, c'est
voir sans cesse qu'on est aimable, ah que
cela est doux à voir, le charmant point
de vûë pour une femme, en vérité tout
est perdu quand vous perdez cela. Hé
bien, Madame, cet homme dont vous
étiez l'idole, concevez qu'il ne vous aime
plus, & mettez-vous vis-à-vis de lui; la jolie figure que vous y ferez! Quel oprobre!
Lui parlez-vous, toutes ses réponses sont
des monosyllabes, oüi, non, car le dégoût est Laconique. L'approchez-vous, il
fuit, vous plaignez-vous, il quérelle;
quelle vie! quelle chûte! quelle fin tra-
gique! Cela fait frémir l'amour propre.
Voilà pourtant mes avantures, & si je
me rembarquois j'ai du malheur, je ferois
encore naufrage, à moins que de trouver
un autre Lelio.

LA PRINCESSE.

Vous ne tiendrez pas votre colere,
& je chercherai de quoi vous récon-

cilier avec les hommes.

·HORTENSE.

Cela est inutile, je ne sçache qu'un homme dans le monde qui pût me convertir là-dessus, homme que je ne connois point, que je n'ai jamais vû que deux jours. Je revenois de mon Château pour retourner dans la Province dont mon mari étoit Gouverneur, quand ma chaise fut attaquée par des voleurs qui avoient déja fait plier le peu de gens que j'avois avec moi. L'homme dont je vous parle, accompagné de trois autres, vint à mes cris, & fondit sur mes voleurs, qu'il contraignit à prendre la fuite, j'étois presque évanoüie, il vint à moi, s'empressa à me faire revenir, & me parut le plus aimable, & le plus galant homme que j'aye encore vû : Si je n'avois pas été mariée, je ne sçai ce que mon cœur seroit devenu, je ne sçai pas trop même ce qu'il devint alors ; mais il ne s'agissoit plus de cela, je priai mon Liberateur de se retirer. Il insista à me suivre près de deux jours, à la fin je lui marquai que cela m'enbarassoit, j'ajoûtai que j'allois joindre mon mari, & je tirai un diamant de mon doigt que je le pressai de prendre, mais sans le regarder il s'éloigna très-vîte, & avec quelque sorte de douleur. Mon mari mourut deux mois après,

& je ne sçai par quelle fatalité l'homme
que j'ai vû m'est toujours resté dans l'esprit.
Mais il y a apparence que nous ne nous
reverrons jamais, ainsi mon cœur est en sû-
reté; mais qui est-ce qui vient à nous?

LA PRINCESSE.

C'est un homme. *à Lelio.*

HORTENSE.

Il me vient une idée pour vous, ne
sçauroit-il pas qui est son Maître?

LA PRINCESSE.

Il n'y a pas d'apparence; car Lelio per-
dit ses gens à la derniere bataille, & il n'a
que de nouveaux Domestiques.

HORTENSE.

N'importe, faisons-lui toujours quelque
question.

SCENE II.

LA PRINCESSE, HORTENSE, ARLEQUIN.

Arlequin arrive d'un air desœuvré en re-
gardant de tous côtez. Il voit la Prin-
cesse & Hortense, & veut s'en aller.

LA PRINCESSE.

QUe cherches-tu, Arlequin, ton Maître est-il dans le Palais.

ARLEQUIN.

Madame, je fupplie votre Principauté de pardonner l'impertinence de mon étourderie ; fi j'avois fçû que votre préfence eût été ici, je n'aurois pas été affez nigaud pour y venir apporter ma perfonne.

LA PRINCESSE.

Tu n'as point fait de mal. Mais dis-moi, cherche-tu ton Maître?

ARLEQUIN.

Tout jufte, vous l'avez deviné, Madame; depuis qu'il vous a parlé tantôt, je l'ai perdu de vûë dans cette pefte de maifon, & ne vous déplaife, je me fuis auffi perdu moi. Si vous vouliez bien m'enfeigner mon chemin, vous me feriez plaifir; il y a ici un fi grand tas de chambres, que j'y voyage depuis une heure fans en trouver le bout. Par la mardi, fi vous loüez tout cela, cela vous doit rapporter bien de l'argent pourtant. Que de fatras de meubles, de droleries, de colifichets, tout un Village vivroit un an de ce que cela vaut. Depuis fix mois que nous fommes ici, je n'avois point encore vû cela. Cela eft fi beau, fi beau, qu'on n'ofe pas le regarder, cela fait peur à un pauvre homme comme moi. Que vous êtes riches vous autres Princes, & moi qu'eft-ce que je fuis en comparaifon de cela ; mais

n'eſt-ce pas encore une autre impertinence
que je fais de raiſonner avec vous comme
avec ma pareille. *Hortenſe rit.*

ARLEQUIN.

Voilà votre camarade qui rit, j'aurai
dit quelque ſotiſe. Adieu, Madame,
je ſaluë Votre Grandeur.

LA PRINCESSE.

Arrête, arrête.....

HORTENSE.

Tu n'as point dit de ſotiſe, au contraire
tu me parois de bonne humeur.

ARLEQUIN.

Pardi je ris toujours, que voulez-vous
je n'ai rien à perdre, vous vous amuſez
à être riches vous autres, & moi je m'a-
muſe à être gaillard, il faut bien que chacun ait ſon amuſette en ce monde.

HORTENSE.

Ta condition eſt-elle bonne? es-tu bien
avec Lelio?

ARLEQUIN.

Fort bien; nous vivons enſemble de
bonne amitié, je n'aime pas le bruit, ni
lui non plus, je ſuis drole, & cela l'a-
muſe : il me paye bien, me nourrit bien,
m'habille bien honnêtement & de belle é-
tofe, comme vous voyez, me donne
par-ci par-là quelques petits profits, ſans
ceux qu'il veut bien que je prenne, &

qu'il ne ſçait pas , & comme cela je paſſe
tout bellement ma vie.

LA PRINCESSE *à part.*

Il eſt auſſi babillard que joyeux.

ARLEQUIN.

Eſt-ce que vous ſçavez une meilleure
condition pour moi , Madame.

HORTENSE.

Non je n'en ſçache point de meilleure
que celle de ton Maître , car on dit qu'il
eſt grand Seigneur.

ARLEQUIN.

Il a l'air d'un garçon de famille.

HORTENSE.

Tu me réponds comme ſi tu ne ſçavois
pas qui il eſt.

ARLEQUIN.

Non, je n'en ſçai rien, de bonne vérité. Je l'ai rencontré comme il ſortoit d'une
bataille ; je lui fis un petit plaiſir, il me
dit grand merci. Il diſoit que ſon monde
avoit été tué , je lui répondis tanpis. Il me
dit , tu me plais , veux-tu venir avec moi?
Je lui dis taupe , je le veux bien. Ce qui
fut dit fut fait , il prit encore d'autre
monde , & puis le voilà qui part pour venir
ici , & puis moi je parts de même , & puis
nous voilà en voyage en courant la poſte,
qui eſt le train du diable ; car parlant par
reſpect , j'ai été près d'un mois ſans pouvoir

m'affeoir. Ah ! les mauvaifes mazettes.

LA PRINCESSE *en riant.*

Tu es un Hiftorien bien éxact.

ARLEQUIN.

Oh quand je compte quelque chofe, je n'oublie rien ; bref, tant y a que nous arrivâmes ici mon Maître & moi. La Grandeur de Madame l'a trouvé brave homme, elle l'a favorifé de fa faveur ; car on l'appelle favori : il n'en eft pas plus impertinent qu'il l'étoit pour cela, ni moi non plus. Il eft courtifé & moi auffi ; car tout le monde me refpecte, tout le monde eft ici en peine de ma fanté, & me demande mon amitié; moi je la donne à tout hazard, cela ne me coûte rien, ils en feront ce qu'ils pourront, ils n'en feront pas grand chofe. C'eft un drole de mêtier que d'avoir un Maître ici qui a fait fortune ; tous les Courtifans veulent être les ferviteurs de fon valet.

LA PRINCESSE.

Nous n'en apprendrons rien, allons-nous-en. Adieu, Arlequin.

ARLEQUIN.

Ah, Madame, fans compliment, je ne fuis pas digne d'avoir cet adieu-là. (*quand elles font parties*). Cette Princeffe eft une bonne femme ; elle n'a pas voulu me tourner le dos fans me faire une civilité. Bon, voilà mon Maître.

SCENE

SCENE III.

LELIO, ARLEQUIN.

LELIO.

QUest-ceque tu fais ici.

ARLEQUIN.

J'y fais connoiſſance avec la Princeſſe, & j'y reçois ſes complimens.

LELIO

Que veux-tu dire avec ta connoiſſance & tes complimens? Eſt-ce que tu l'as vûë la Princeſſe? Où eſt elle?

ARLEQUIN.

Nous venons de nous quitter.

LELIO.

Explique-toi donc, que t'a-t-elle dit?

ARLEQUIN.

Bien des choſes. Elle me demandoit ſi nous nous trouvions bien enſemble, comment s'appelloit votre pere & votre mere, de quel métier ils étoient, s'ils vivoient de leurs rentes ou de celles d'autrui. Moi, je lui ai dit, que le diable emporte celui qui les connoit, je ne ſçai pas quelle mine ils ont, s'ils ſont nobles ou vilains, gentil-hommes ou laboureurs, mais que vous

B

aviez l'air d'un enfant d'honnêtes gens,
après cela elle m'a dit : Je vous saluë, &
moi je lui ai dit, vous me faites trop de
graces, & puis c'est tout.

LELIO à part.

Quel galimatias ! tout ce que j'en puis
comprendre, c'est que la Princesse s'est
informée de lui s'il me connoissoit ; enfin
tu lui as donc dis que tu ne sçavois pas
qui je suis.

ARLEQUIN.

Oüi : cependant je voudrois bien le sçavoir ; car quelquefois cela me chicanne :
dans la vie il y a tant de fripons, tant de
vauriens qui courent par le monde pour
fourber l'un, pour attraper l'autre, & qui
ont bonne mine comme vous ; je vous
croi un honnête garçon moi.

LELIO en riant.

Va, va, ne t'embarasse pas Arlequin,
tu as bon Maître, je t'en assure.

ARLEQUIN.

Vous me payez bien, je n'ai pas besoin d'autre caution, & au cas que vous
soiez quelque Bohemien, pardi au moins
vous êtes un Bohemien de bon compte.

LELIO.

En voilà assez, ne sors point du respect
que tu me dois.

ARLEQUIN.

Tenez , d'un autre côté je m'imagine quelquefois que vous êtes quelque grand Seigneur ; car j'ai entendu dire qu'il y a eu des Princes qui ont couru la pretantaine pour s'ébaudir , & peut-être que c'est un vertigo qui vous a pris aussi.

LELIO *à part.*

Ce beneft-là, se seroit-il apperçû de ce que je suis . . . . . Et par où juge-tu que je pourrois être un Prince. Voilà une plaisante idée , est-ce par le nombre des équipages que j'avois quand je t'ai pris ? par ma magnificence ?

ARLEQUIN.

Bon., belles bagatelles , tout le monde a de cela ; mais par la mardi ; personne n'a si bon cœur que vous , & il m'est avis que c'est-là la marque d'un Prince.

LELIO.

On peut avoir le cœur bon sans être Prince , & pour l'avoir tel , un Prince a plus à travailler qu'un autre : mais comme tu es attaché à moi , je veux bien te confier que je suis un homme de condition qui me divertit à voyager inconnu pour étudier les hommes, & voir ce qu'ils font dans tous les Etats, je suis jeune, c'est une étude qui me sera nécessaire un jour ; voilà mon secret, mon enfant.

ARLEQUIN.

Ma foi cette étude-là ne vous apprendra rien que mifere : ce n'étoit pas la peine de coûrir la pofte pour aller étudier toute cette racaille, qu'eft-ce que vous ferez de cette connoiffance des hommes, vous n'apprendrez rien que des pauvretez.

LELIO.

C'eft qu'ils ne me tromperont plus.

ARLEQUIN.

Cela vous gâtera.

LELIO.

D'où vient ?

ARLEQUIN.

Vous ne ferez plus fi bon enfant quand vous ferez bien fçavant fur cette race-là. En voyant tant de canailles, par dépit, canaille vous deviendrez.

LE PRINCE *à part les premiers mots.*

Il ne raifonne pas mal. Adieu, te voïlà inftruit, garde-moi le fecret, je vais retrouver la Princeffe.

ARLEQUIN.

De quel côté tournerai-je pour retrouver notre cuifine.

LELIO.

Ne fçais-tu pas ton chemin, tu n'as qu'à traverfer cette galerie-là.

SCENE IV.

LELIO *seul.*

LA Princeſſe cherche à me connoître, & me confirme dans mes ſoupçons, les ſervices que je lui ai rendu ont diſpoſé ſon cœur à me vouloir du bien, & mes reſpects empreſſez l'ont perſuadée que je l'aimois ſans oſer le dire. Depuis que j'ai quitté les Etats de mon pere, & que je voyage ſous ce déguiſement pour hâter l'experience dont j'aurai beſoin, ſi je régne un jour, je n'ai fait nulle part un ſéjour ſi long qu'ici, à quoi donc aboutira-t-il ? Mon pere ſouhaite que je me marie, & me laiſſe le choix d'une épouſe. Ne dois-je pas m'en tenir à cette Princéſſe ? Elle eſt aimable, & ſi je lui plais, rien n'eſt plus flateur pour moi que ſon inclination ; car elle ne me connoît pas. N'en cherchons donc point d'autre qu'elle ; déclarons - lui qui je ſuis, enlevons-la au Prince de Caſtille qui envoye la demander. Elle ne m'eſt pas indifferente ; mais que je l'aime-rois ſans le ſouvenir inutile que je garde en-core de cette belle perſonne que je ſauvai des mains des voleurs.

SCENE V.

LELIO, HORTENSE *à qui un Garde*
dit en montrant Lelio.

LE voilà, Madame.

LELIO *surpris.*
Je connois cette Dame-là.

HORTENSE *étonnée.*
Que vois-je ?

LELIO *s'approchant.*
Me reconnoissez-vous, Madame.

HORTENSE.
Je croi que oüy, Monsieur.

LELIO.
Me fuirez-vous encore ?

HORTENSE.
Il le faudra peut-être bien.

LELIO.
Eh pourquoi donc le faudra-t-il ? vous
déplais-je tant que vous ne puissiez au
moins suporter ma vüë.

HORTENSE.
Monsieur, la conversation commence
d'une maniere qui m'embarasse, je ne sçai
que vous répondre, je ne sçaurois vous

dire que vous me plaisez.

LELIO.

Non, Madame, je ne l'exige point
non plus, ce bonheur-là n'est pas fait
pour moi, & je ne mérite sans doute que
votre indiference.

HORTENSE.

Je ne serois pas assez modeste, si je
vous disois que vous l'êtes trop ; mais de
quoi s'agit-il, je vous estime, je vous ai
une grande obligation, nous nous retrou-
vons ici, nous nous reconnoissons, vous
n'avez pas besoin de moi, vous avez la
Princesse, que pourriez-vous me vouloir
encore ?

LELIO.

Vous demander la seule consolation de
vous ouvrir mon cœur,

HORTENSE.

Oh je vous consolerois mal ; je nai
point de talens pour être confidente.

LELIO.

Vous confidente, Madame, ah vous
ne voulez pas m'entendre.

HORTENSE.

Non, je suis naturelle, & pour preuve
de cela, vous pouvez vous expliquer
mieux, je ne vous en empêche point, cela
est sans consequence.

LELIO.

Eh quoi, Madame, le chagrin que j'eus en vous quittant il y a sept ou huit mois, ne vous a point appris mes sentimens.

HORTENSE.

Le chagrin que vous eûtes en me quittant, & à propos de quoi, qu'est-ce que c'étoit que votre tristesse, rappellez-m'en le sujet, voyons, car je ne m'en souviens plus.

LELIO.

Que ne m'en coûta-t-il pas pour vous quitter ? vous que j'aurois voulu ne quitter jamais, & dont il faudra pourtant que je me sépare.

HORTENSE.

? Quoi c'est-là ce que vous entendiez ; en vérité je suis confuse de vous avoir demandé cette explication-là : je vous prie de croire que j'étois dans la meilleure foi du monde.

LELIO.

Je voi bien que vous ne voudrez jamais en apprendre davantage.

HORTENSE *le regardant de côté.*

Vous ne m'avez donc point oublié ?

LELIO.

Non, Madame, je ne l'ai jamais pû, & puisque je vous revois, je ne le pourai jamais...... Mais quelle étoit mon erreur,

quand

quand je vous quittai ; je crus recevoir de vous un regard dont la douceur me pénétra ; mais je voi bien que je me suis trompé.

HORTENSE.

Je me souviens de ce regard-là par é-xemple.

LELIO.

Eh que penfiez-vous, Madame ! en me regardant ainfi.

HORTENSE.

Je penfois apparament que je vous devois la vie.

LELIO.

C'étoit donc une pure reconnoiffance.

HORTENSE.

J'aurois de la peine à vous rendre compte de cela ; j'étois pénétrée du fervice que vous m'aviez rendu, de votre générofité, vous alliez me quitter, je vous voyois trifte, je l'étois peut-être moi-même, je vous regardai comme je pus, fans fçavoir comment, fans me géner ; il y a des momens où des regards fignifient ce qu'ils peuvent, on ne répond de rien, on ne fçai point trop ce qu'on y met, il y entre trop de chofes, & peut-être de tout, tout ce que je fçai, c'eft que je me ferois bien paffée de fçavoir votre fecret.

C

LELIO.

Eh que vous importe de le sçavoir, puisque j'en souffrirai tout seul.

HORTENSE.

Tout seul! ôtez-moi donc mon cœur, ôtez-moi ma reconnoissance, ôtez-vous vous-même ...... Que vous dirai-je ; je me messie de tout.

LELIO.

Il est vrai que votre pitié m'est bien dûe, j'ai plus d'un chagrin, vous ne m'aimerez jamais ; & vous m'avez dit que vous étiez mariée.

HORTENSE.

Hé bien je suis veuve, perdez du moins la moitié de vos chagrins ; à l'égard de celui de n'être point aimé......   .   '

LELIO.

Achevez, Madame, à l'égard de celui-là.

HORTENSE.

Faites comme vous pourez, je ne suis pas mal intentionnée ..... Mais supposons que je vous aime, n'y a-t-il pas une Princesse qui croit que vous l'aimez, qui vous aime peut-être elle-même, qui est la Maitresse ici, qui est vive, qui peut disposer de vous & de moi. A quoi donc mon amour aboutiroit-il ?

LELIO.

Il n'aboutira à rien, dès-lors qu'il n'est qu'une supposition.

HORTENSE.

J'avois oublié que je le supposois.

LELIO.

Ne deviendra-t-il jamais réel?

HORTENSE *s'en allant.*

Je ne vous dirai plus rien ; vous m'avez demandé la consolation de m'ouvrir votre cœur, & vous me trompez ; au lieu de cela vous prenez la consolation de voir dans le mien : je sçai votre secret, en voilà assez, laissez-moi garder le mien, si je l'ai encore. *Elle part.*

LELIO *un moment seul.*

Voici un coup de hazard qui change mes desseins ; il ne s'agit plus maintenant d'épouser la Princesse ; tâchons de m'assurer parfaitement du cœur de la personne que j'aime, & s'il est vrai qu'il soit sensible pour moi.......

HORTENSE *revient.*

J'oubliois à vous informer d'une chose, la Princesse vous aime, vous pouvez aspirer à tout, je vous l'apprends de sa part, il en arrivera ce qu'il pourra. Adieu.

LELIO *l'arrêtant avec un air & un ton de surprise.*

Hé de grace, Madame, arrêtez - vous

un inftant : Quoi la Princeffe elle - même
vous auroit chargée de me dire.........

HORTENSE.

Voilà de grands tranfports ; mais je n'ai
pas charge de les rapporter, j'ai dit ce
que j'avois à vous dire, vous m'avez entendu, je n'ai pas le tems de le repeter, .
& je n'ai rien à fçavoir de vous. *Elle s'en
va, Lelio piqué l'arrête.*

LELIO.

Et moi, Madame, ma réponfe à cela
eft que je vous adore, & je vais de ce pas
la porter à la Princeffe.

HORTENSE *l'arrêtant.*

Y fongez-vous, fi elle fçait que vous
m'aimez, vous ne pourez plus me le dire,
je vous en avertis.

LELIO.

Cette réflexion m'arrête. Mais il eft
cruel de fe voir foupçonné de joye, quand
on n'a que du trouble.

HORTENSE *d'un air de dépit.*

Oh fort cruel, vous avez raifon de
vous fâcher, la vivacité qui vient de me
prendre, vous fait beaucoup de tort, il
doit vous refter de violens chagrins.

LELIO *lui baifant la main.*

Il ne me refte que des fentimens de
tendreffe, qui ne finiront qu'avec ma
vie.

HORTENSE.

Que voulez - vous que je fasse de ces sentimens-là.

LELIO.

Que vous les honoriez d'un peu de retour.

HORTENSE.

Je ne veux point ; car je n'oserois.

LELIO.

Je réponds de tout , nous prendrons nos mesures , & je suis d'un rang . . . . . .

HORTENSE.

Votre rang est d'être un homme aimable & vertueux , & c'est-là le plus beau rang du monde; mais je vous dis encore une fois que cela est résolu, je ne vous aimerai point ; je n'en conviendrai jamais. Qui moi, vous aimer . . . . vous accorder mon amour, pour vous empêcher de régner, pour causer la perte de votre liberté , peut-être pis, mon cœur vous feroit-là de beaux présens : Non Lelio, n'en parlons plus, donnez-vous tout entier à la Princesse , je vous le pardonne , cachez votre tendresse, pour moi,ne me demandez plus la mienne, vous vous exposeriez à l'obtenir , je ne veux point vous l'accorder , je vous aime trop pour vous perdre , je ne peux pas vous mieux dire. Adieu ; je croi que quelqu'un vient.

LELIO *l'arrête.*

J'obéirai, je me conduirai comme vous voudrez, je ne vous demande plus qu'une grace, c'est de vouloir bien, quand l'occasion s'en présentera, que j'aye encore une conversation avec vous.

HORTENSE.

Prenez-y garde, une conversation en amenera une autre, & cela ne finira point, je le sens bien.

LELIO.

Ne me refusez pas.

HORTENSE.

N'abusez point de l'envie que j'ai d'y consentir.

LELIO.

Je vous en conjure.

HORTENSE *en s'en allant.*

Soit, perdez-vous donc, puisque vous le voulez.

SCENE VI.

LELIO *seul.*

JE suis au comble de la joye ; j'ai retrouvé ce que j'aimois, j'ai touché le seul cœur qui pouvoit rendre le mien heureux ;

il ne s'agit plus que de convenir avec cette aimable perſonne de la maniere dont je m'y prendrai pour m'aſſurer ſa main.

SCENE VII.

FREDERIC, LELIO.

FREDERIC.

P Uis-je avoir l'honneur de vous dire un mot.

LELIO.

Volontiers, Monſieur.

FREDERIC.

Je me flatte d'être de vos amis.

LELIO.

Vous me faites honneur.

FREDERIC.

Sur ce pied-là je prendrai la liberté de vous prier d'une choſe. Vous ſçavez que le premier Secretaire d'Etat de la Prin-ceſſe vient de mourir, & je vous a-voüe que j'aſpire à ſa place ; dans le rang où je ſuis, je n'ai plus qu'un pas à faire pour la remplir ; naturellement elle me paroît düe : il y a vingt-cinq ans que je ſers l'Etat en qualité de Conſ.iller de la Princeſſe, je ſçai combien elle vous eſtime.& défere à vos avis , je vous prie de faire enforte qu'elle penfe à moi , vous ne pouvez obliger perfonne qui foit plus votre ferviteur que je le fuis. On fçait à la Cour en quels termes je parle de vous.

LELIO *le regardant d'un air aifé.*

Vous y dites donc beaucoup de bien de moi.

FREDERIC.

Affurément.

LELIO.

Ayez la bonté de me regarder un peu fixement en me difant cela.

FREDERIC.

Je vous le répete encore. D'où vient que vous me tenez ce difcours.

LELIO. *après l'avoir examiné.*

Oüi , vous foûtenez cela à merveille ; l'admirable homme de Cour que vous êtes.

FREDERIC.

Je ne vous comprends pas.

LELIO.

Je vais m'expliquer mieux. C'eft que le fervice que vous me demandez , ne vaut pas qu'un honnête homme pour l'obtenir , s'abaiffe jufqu'à trahir fes fentimens.

FREDERIC.

Jufqu'à trahir mes fentimens ! & par où

jugez-vous que l'amitié dont je vous parle
ne soit pas vraye.

LELIO.

Vous me haïssez , vous dis-je , je le
sçai , & ne vous en veux aucun mal , il
n'y a que l'artifice dont vous vous servez,
que je condamne.

FREDERIC.

Je voi bien que quelqu'un de mes en-
nemis vous aura indisposé contre moi.

LELIO.

C'est de la Princesse elle-même que je
tiens ce que je vous dis , & quoiqu'elle ne
m'en ait fait aucun mistere , vous ne le
sçauriez pas sans vos complimens. J'ignore
si vous avez craint la confiance dont elle
m'honore ; mais depuis que je suis ici ,
vous n'avez rien oublié pour lui donner de
moi des idées désavantageuses , & vous
tremblez tous les jours , dites-vous , que
je ne sois un espion gagé de quelque Puis-
sance, ou quelque Avanturier qui s'enfuira
au premier jour avec de grandes sommes ,
si on le met en état d'en prendre , oh si
vous appellez cela de l'amitié , vous en a-
vez beaucoup pour moi ; mais vous aurez
de la peine à faire passer votre définition.

FREDERIC *d'un ton serieux.*

Puisque vous êtes si bien instruit, je
vous avoûrai franchement que mon zele

pour l'Etat m'a fait tenir ces difcours-là ,
& que je craignois qu'on ne fe repentît de
vous avancer trop , je vous ai crû fufpect
& dangereux ; voilà la vérité.

LELIO.

Parbleu vous me charmez de me parler
ainfi , vous ne vouliez me perdre que parce que vous me foupçonniez d'être dangereux pour l'Etat , vous êtes loüable , Monfieur , & votre zele eft digne de récom-
penfe , il me fervira d'éxemple. Oüi je le
trouve fi beau que je veux l'imiter , moi
qui dois tant à la Princeffe. Vous avez
craint qu'on ne m'avançât , parce que vous
me croyez un efpion , & moi je craindrois
qu'on ne vous fît Miniftre , parce que je
ne croi pas que l'Etat y gagnât , ainfi je ne
parlerai point pour vous. Ne m'en loüez-
vous pas auffi.

FREDERIC.

Vous êtes fâché.

LELIO.

Non , en homme d'honneur , je ne fuis
pas fait pour me venger de vous.

FREDERIC.

Rapprochons nous. Vous êtes jeune ,
la Princeffe vous eftime , & j'ai une fille
aimable , qui eft un affez bon parti ; unif-
fons nos interêts , & devenez mon gendre.

LELIO.

Vous n'y penfez pas, mon cher Monfieur, ce Mariage-là feroit une confpiration contre l'Etat, il faudroit travailler à vous faire Miniftre.

FREDERIC.

Vous refufez l'offre que je vous fais?

LELIO.

Un efpion devenir votre gendre, votre fille devenir la femme d'un Avanturier! Ah je vous demande grace pour elle, j'ai pitié de la victime que vous voulez facrifier à votre ambition, c'eft trop aimer la fortune.

FREDERIC.

Je croi offrir ma fille à un homme d'honneur, & d'ailleurs vous m'accufez d'un plaifant crime, d'aimer la fortune. Qui eft-ce qui n'aimeroit pas à gouverner.

LELIO.

Celui qui en feroit digne.

FREDERIC.

Celui qui en feroit digne?

LELIO.

Oüi, & c'eft l'homme qui auroit plus de vertu que d'ambition & d'avarice. Oh cet homme-là n'y verroit que de la peine.

FREDERIC.

Vous avez bien de la fierté.

LELIO.

Point du tout, ce n'eſt que du zele.

FREDERIC.

Ne vous flattez pas tant, on peut tomber de plus haut que vous n'êtes, & la Princeſſe verra clair un jour.

LELIO.

Ah vous voila dans votre figure naturelle, je vous vois le viſage à préſent, il n'eſt pas joli ; mais cela vaut toujours mieux que le maſque que vous portiez tout à l'heure.

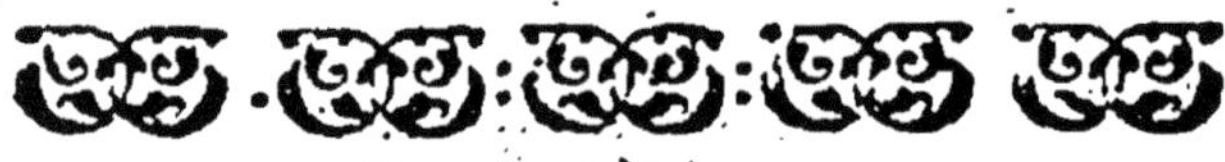

SCENE VIII.

LELIO, FREDERIC, LA PRINCESSE.

LA PRINCESSE.

JE vous cherchois, Lelio. Vous êtes de ces perſonnes que les Souverains doivent s'attacher ; il ne tiendra pas à moi que vous ne vous fixiez ici, & j'eſpere que vous accepterez l'emploi de mon premier Secretaire d'Etat , que je vous offre.

LELIO.

Vos bontez ſont infinies , Madame , mais mon métier eſt la guerre.

LA PRINCESSE.

Vous faites mieux qu'un autre tout ce que vous voulez faire, & quand votre préfence fera néceffaire à l'Armée, vous choifirez pour éxercer vos fonctions ici ceux que vous en jugerez les plus capables, ce que vous ferez, n'eft pas fans éxemple dans cet Etat.

LELIO.

Madame, vous avez d'habiles gens ici, d'anciens Serviteurs, à qui cet emploi convient mieux qu'à moi.

LA PRINCESSE.

La fuperiorité de mérite doit l'emporter en pareil cas fur l'ancienneté de fervices, & d'ailleurs Frederic eft le feul que cette fonction pouvoit regarder, fi vous n'y étiez pas, mais il m'eft affectionné, & je fuis fûr qu'il fe foûmet de bon cœur au choix qui m'a paru le meilleur. Frederic, foyez ami de Lelio, je vous le recommande.

Frederic fait une profonde révérence.

LA PRINCESSE *continuë.*

C'eft aujourd'hui le jour de ma naiffance, & ma Cour, fuivant l'ufage, me donne aujourd'hui une fefte que je vais voir. Lelio, donnez-moi la main pour m'y conduire, vous y verra-t-on, Frederic?

FREDERIC.

Madame, les fêtes ne me conviennent plus.

SCENE IX.

FREDERIC *seul.*

SI je ne viens à bout de perdre cet homme-là, ma chûte est sure. Un homme sans nom, sans parens, sans patrie; car on ne sçait d'où il vient, m'arrache le Ministere, le fruit de trente années de travail. Quel coup de malheur! je ne puis digerer une aussi bizare avanture, & je n'en sçaurois douter : c'est l'amour qui a nommé ce Ministre-là ; oüi la Princesse a du penchant pour lui. Ne pouroit-on sçavoir l'histoire de sa vie errante, & prendre ensuite quelques mesures avec l'Ambassadeur de Roy de Castiile, dont j'ai la confiance. Voici le Valet de cet Avanturier, tâchons à quelque prix que ce soit, de le mettre dans mes interêts, il pourra m'être utile. Bonjour Arlequin.

SCENE. X.

FREDERIC, ARLEQUIN.

Il entre en comptant de l'argent dans son chapeau.

FREDERIC.

Est-tu bien riche ?

ARLEQUIN.

Chut. Vingt-quatre, vingt-cinq, vingt-six, & vingt-sept sols. J'en avois trente, comptez, vous, Monseigneur le Conseiller, n'est-ce pas trois sols que je perds.

FREDERIC.

Cela est juste.

ARLEQUIN.

He bien, que le diable emporte le jeu, & les fripons avec.

FREDERIC.

Quoi tu jure pour trois sols de perte ! Oh je veux te rendre la joye. Tiens voilà une pistole.

ARLEQUIN.

Le brave Conseiller que vous êtes (*Il saute*) hi hi. Vous méritez bien une capriolle.

FREDERIC.

Te voilà de meilleure humeur.

ARLEQUIN.

Quand j'ai dit, que le diable emporte les fripons, je ne vous comptois pas au moins.

FREDERIC.

J'en suis persuadé.

ARLEQUIN *recomptant son argent.*

Mais il me manque toujours trois sols.

FREDERIC.

Non, car il y a bien des trois sols dans une piftole.

ARLEQUIN.

Il y a bien des trois sols dans une piftole; mais cela ne fait rien aux trois sols qui manquent dans mon chapeau.

FREDERIC.

Je voi bien qu'il t'en faut encore une autre.

ARLEQUIN.

Ho ho deux caprioles.

FREDERIC.

Aimes-tu l'argent ?

ARLEQUIN.

Beaucoup ?

FREDERIC.

Tu ferois donc bien aife de faire une petite fortune ?

Arlequin.

.ARLEQUIN.

Quand elle feroit groffe, je la prendrois en patience.

FREDERIC.

Ecoutes, j'ai bien peur que la faveur de ton Maître ne foit pas longue ; elle eft un grand coup de hazard.

ARLEQUIN.

C'eft comme s'il l'avoit gagnée aux cartes.

FREDERIC.

Le connois-tu ?

ARLEQUIN.

Non ; je croi que c'eft quelque enfant trouvé.

FREDERIC.

Je te confeillerois de t'attacher à quel-qu'un de ftable, à moi, par éxemple.

ARLEQUIN.

Ah vous avez l'air d'un bon homme ; mais vous êtes trop vieux.

FREDERIC.

Comment trop vieux !

ARLEQUIN.

Oüi, vous mourrez bientôt, & vous me laifferiez orfelin de votre amitié.

FREDERIC.

J'efpere que tu ne feras pas bon Pro-phete ; mais je puis te faire beaucoup de bien en très-peu de tems.

ARLEQUIN.

Tenez vous avez raison, mais on sçait bien ce qu'on quitte, & l'on ne sçait pas ce que l'on prend. Je n'ai point d'esprit, mais de la prudence j'en ai que c'est une merveille, & voilà comme je dis, un homme qui se trouve bien assis, qu'a-t-il besoin de se mettre debout; j'ai bon pain, bon vin, bonne fricassée, & bon visage, cent écus par an & les étrennes au bout, cela n'est-il pas magnifique? .

FREDERIC.

Tu me cites-là de beaux avantages. Je ne prétends pas que tu t'attaches à moi pour être mon domestique, je veux te donner des emplois qui t'enrichiront, & pardessus le marché, te marier avec une jolie fille qui a du bien.

ARLEQUIN.

Oh dame ma prudence dit que vous avez raison, je suis debout, & vous me faites asseoir, cela vaut mieux.

FREDERIC.

Il n'y a point de comparaison.

ARLEQUIN.

Pardi vous me traitez comme votre enfant, il n'y a pas à tortiller à cela. Du bien, des emplois & une jolie fille; voilà une pleine boutique de vivres, d'argent & de friandises, par la sanguienne, vous m'aimez beaucoup pourtant.

FREDERIC.

Oüi, ta fifionomie me plaît, je te trouve un bon garçon.

ARLEQUIN.

Oh pour cela je fuis drole comme un coffre ; laiffez faire, nous rirons comme des fous enfemble : mais allons faire venir ce bien, ces emplois, & cette jolie fille ; car j'ai hâte d'être riche & bien aife.

FREDERIC.

Ils te font affurez, te dis-je ; mais il faut que tu me rende un petit fervice, puifque tu te donnes à moi, tu n'en dois pas faire de difficulté.

ARLEQUIN.

Je vous regarde comme mon pere.

FREDERIC.

Je ne veux de toi qu'une bagatelle. Tu es chez le Seigneur Lelio, je ferois curieux de fçavoir qui il eft. Je fouhaiterois donc que tu y reftaffe encore trois femaines ou un mois, pour me rapporter tout ce que tu lui entendras dire en particulier, & tout ce que tu lui verras faire. Il peut arriver que dans des momens un homme chez lui dife de certaines chofes, & en faffe d'autres qui le décelent, & dont on peut tirer des conjectures. Obferve tout foigneufement, & en attendant que je te récompenſe entièrement, voilà par avance de l'argent que je te donne encore.

ARLEQUIN

Avancez-moi encore la fille, nous la rabatrons ſur le reſte.

FREDERIC.

On ne paye un ſervice qu'après qu'il eſt rendu, mon enfant, c'eſt la coûtume.

ARLEQUIN.

Coûtume de vilain que cela !

FREDERIC.

Tu n'attendras que trois ſemaines.

ARLEQUIN.

J'aime mieux vous faire mon billet, comme quoi j'aurai reçû cette fille à compte : je ne plaidrai pas contre mon écrit.

FREDERIC.

Tu me ſerviras de meilleur courage en l'attendant, acquitte-toi d'abord de ce que je te dis, pourquoi heſite-tu ?

ARLEQUIN.

Tout franc, c'eſt que la commiſſion me chifonne.

FREDERIC.

Quoi tu mets mon argent dans ta poche, & tu refuſe de me ſervir ?

ARLEQUIN.

Ne parlons point de votre argent, il eſt fort bon, je n'ai rien à lui dire ; mais tenez, j'ai opinion que vous voulez me donner

un office de fripon ; car qu'eft-ce que vous
voulez faire des paroles du Seigneur Lelio mon Maître ? La.

FREDERIC.

C'eft une fimple curiofité qui me prend.

ARLEQUIN.

Hom . . . il y a de la malice là-deffous ;
vous avez l'air d'un fournois , je m'en vais
gager dix fols contre vous que vous ne val-
lez rien.

FREDERIC.

Que te mets-tu donc dans l'efprit , tu n'y
fonges pas , Arlequin.

ARLEQUIN *d'un ton trifte.*

Allez , vous ne devriez pas tenter un
pauvre garçon qui n'a pas plus d'honnéur
qu'il lui en faut , & qui aime les filles. J'ai
bien de la peine à m'empêcher d'être un
coquin , faut-il que l'honneur me ruine ,
qu'il m'ôte mon bien , mes emplois & une
jolie fille ; par la mardi , vous êtes bien
méchant , d'avoir été trouver l'invention
de cette fille.

FREDERIC *à part.*

Ce butord-là m'inquiete avec fes réflexions : encore une fois , es-tu fou d'être fi
long-tems à prendre ton parti D'où vient
ton fcrupu'e , de quoi s'agit-il , de me
donner quelques inftructions innocentes
fur le chapitre d'un homme inconnu , qui

demain tombera peut-être , & qui te laif-
fera fur le pavé. Songes-tu bien que je
t'offre la fortune , & que tu la perds.

ARLEQUIN.

Je fonge que cette commiffion-là fent
le tricot tout pur , & par bonheur que ce
tricot fortifie mon pauvre honneur qui a pen-
fé barguigner. Tenez, votre jolie fille ce n'eft
qu'une guenon, vos emplois de la maf-
chandife de chien ; voilà mon dernier mot ,
& je m'en vais tout droit trouver la Princeffe & mon Maître , peut-être qu'ils re-
compenferont le dommage que je fouffre
pour l'amour de ma bonne confcience.

FREDERIC.

Comment tu vas trouver la Princeffe &
ton Maître ; & d'où vient ?

ARLEQUIN.

Pour leur compter mon défaftre & toute
votre marchandife.

FREDERIC.

Miferable ! as-tu donc réfolu de me perdre , de me deshonorer.

ARLEQUIN.

Bon , quand on n'a point d'honneur ,
eft-ce qu'il faut avoir de la réputation.

FREDERIC.

Si tu parles , malheureux que tu es ; je
prendrai de toi une vengeance terrible , ta

vie me répondra de ce que tu feras, m'entends tubien ?

ARLEQUIN *se mocquant.*

Brrrr ! Ma vie n'a jamais servi de caution; je boirai encore bouteille trente ans après votre trépaffement. Vous étes vieux comme le pere à tretous, & moi je m'appelle le cadet Arlequin. Adieu.

FREDERIC *outré.*

Arrête, Arlequin, tu me mets au défefpoir, tu ne fçais pas la confequence de ce que tu vas faire mon enfant, tu me fais trembler ; c'eft toi-même que je te conjure d'épargner en te priant de fauver mon honneur ; encore une fois arréte, la fituation d'efprit où tu me mets ne me punit que trop de mon imprudence.

ARLEQUIN *comme tranfporté.*

Comment, cela eft épouventable, je paffe mon chemin fans fonger à mal, & puis vous venez à l'encontre de moi pour m'offrir des filles, & puis vous me donnez une piftole pour trois fols, eft-ce que cela fe fait? moi je prends cela parce que je fuis honnête, & puis vous me fourbés encore avec je ne fçai combien d'autres piftoles que j'ai dans ma poche, & que je ferai venir en témoignage contre vous, comme quoi vous avez mitonné le cœur d'un innocent, qui a eu fa confcience &

la crainte du bâton devant les yeux, & qui
sans cela auroit trahi son bon Maître, qui
est le plus brave & le plus gentil garçon,
le meilleur corps qu'on puisse trouver dans
tous les corps du monde, & le factótum
de la Princesse, cela se peut-il souffrir?

FREDERIC.

Doucement, Arlequin, quelqu'un peut
venir, j'ai tort; mais finissons, j'acheterai
ton silence de tout ce que tu voudras:
parle, que me demande-tu?

ARLEQUIN.

Je ne vous ferai pas bon marché, per-
nez-y garde.

FREDERIC.

Dis ce que tu veux, tes longueurs me
tuent.

ARLEQUIN *reflechissant*.

Pourtant ce que c'est que d'être honnête homme; je n'ai que cela pour tout po-
tage, moi. Voyez comme je me quarre
avec vous. Allons, présentez - moi votre
Requête, appellez - moi un peu Monseigneur, pour voir comment cela fait,
je suis Fredetic à cette heure, & vous,
vous êtes Arlequin.

FREDERIC *à part*.

Je ne sçais où j'en suis, quand je nie-
rois le fait, c'est un homme simple qu'on
n'en croira que trop sur une infinité d'autres

tres préfomptions , & la quantité d'argent
que je lui ai donné , prouve encore contre
moi. (*à Arlequin.*) Finiſſons, mon enfant ; que te faut-il ?

ARLEQUIN.

Oh , tout bellement , pendant que je
ſuis Frederic , je veux profiter un petit brin
de ma Seigneurie ; quand j'étois Arlequin ,
vous faiſiez le gros dos avec moi : à cette
heure que c'eſt vous qui l'êtes , je veux
prendre ma revanche.

FREDERIC *ſoupire.*

Ah je ſuis perdu !

ARLEQUIN.

Il me fait pitié ; allons , conſolez-vous ,
je ſuis las de faire le glorieux , cela eſt trop
ſot , il n'y a que vous autres qui puiſſiez
vous accoûtumer à cela. Ajuſtons-nous ?

FREDERIC.

Tu n'as qu'à dire.

ARLEQUIN.

Avez-vous encore de cet argent jaune ;
j'aime cette couleur-là ; elle dure plus long-
tems qu'une autre.

FREDERIC.

Voilà tout ce qui m'en reſte.

ARLEQUIN.

Bon. Ces piſtoles-là , c'eſt pour votre
pénitence de m'avoir donné les autres piſ-

toles. Venons au reste de la boutique. Parlons des emplois.

FREDERIC.

Mais ces emplois, tu ne peux les exercer qu'en quittant ton Maître.

ARLEQUIN.

J'aurai un Commis, & pour l'argent qu'il m'en coûtera, vous me donnerez une bonne pension de cent écus par an.

FREDERIC.

Soit, tu seras content ; mais me promets-tu de te taire.

ARLEQUIN.

Touchez-là, c'est marché fait.

FREDERIC.

Tu ne te repentiras pas de m'avoir tenu parole. Adieu, Arlequin, je m'envais tranquille.

ARLEQUIN *le rappellant.*

St st st st st . . . .

FREDERIC, *revenant.*

Que me veux-tu ?

ARLEQUIN.

Et à propos, nous oublions cette jolie fille.

FREDERIC.

Tu dis que c'est une guenon.

ARLEQUIN.

Oh, j'aime assez les guenons.

FREDERIC.

Hé bien, je tâcherai de te la faire avoir.

ARLEQUIN.

Et moi je tâcherai de me taire.

FREDERIC.

Puisqu'il te la faut absolument, ou reviens me trouver tantôt, tu la verras.
(*à part.*) Peut-être me le débauchera-t-elle mieux que je n'ai sçû faire.

ARLEQUIN.

Je veux avoir son cœur sans tricherie.

FREDERIC.

Sans doute. Sortons d'ici.

ARLEQUIN.

Dans un quart d'heure je suis à vous. Tenez-moi la fille prête.

Fin du premier Acte.

ACTE SECOND.

SCENE PREMIERE.

ARLEQUIN, LISETTE.

ARLEQUIN.

On bijou, j'ai fait une of-
fenſe envers vos graces, &
je ſuis d'avis de vous en demander pardon, pendant que
j'en ai la repentance.

LISETTE.

Quoi un ſi joli garçon que vous, eſt-il
capable d'offenſer quelqu'un.

ARLEQUIN.

Un auſſi joli garçon que moi. Oh cela
me confond ; je ne mérite pas le pain que
je mange.

LISETTE.

Pourquoi donc ? qu'avez-vous fait ?

ARLEQUIN.

J'ai fait une inſolence ; donnez-moi con-

feil, voulez-vous que je m'en accufe à genoux, ou bien fur mes deux jambes ? dites-
moi fans façon, faites-moi bien de la honte,
ne m'épargnez pas.

LISETTE.

Je ne veux ni vous battre, ni vous voir à
genoux, je me contenterai de fçavoir ce
que vous avez dit.

ARLEQUIN *s'agenoüillant*.

Ma mie, vous n'êtes point affez rude,
mais je fçai mon devoir.

LISETTE.

Levez-vous donc, mon cher, je vous
ai déja pardonné.

ARLEQUIN.

Ecoutez-moi, j'ai dit en parlant de votre inimitable perfonne, j'ai dit, le refte
eft fi gros qu'il m'étrangle.

LISETTE.

Vous avez dit ?

ARLEQUIN.

J'ai dit que vous n'étiez qu'une guenon.

LISETTE *fâchée*.

Pourquoi donc m'aimez-vous, fi vous
me trouvez telle ?

ARLEQUIN *pleurant*.

Je confeffe que j'en ai menti.

LISETTE.

Je me croiois plus fuportable. Voilà la
vérité.

E iij

ARLEQUIN.

Ne vous ai-je pas dit que j'étois un mi-
férable ; mais, mamour, je n'avois pas encore vû votre gentil minois.....ois ...
ois .... ois ...

LISETTE.

Comment vous ne me connoissiez pas
dans ce tems-là, vous ne m'aviez jamais
vûë ?

ARLEQUIN.

Pas feulement le bout de votre nez.

LISETTE.

Eh, mon cher Arlequin, je ne fuis plus
fâchée, ne me trouvez-vous pas de votre
goût à prefent?

ARLEQUIN.

Vous êtes délicieufe.

LISETTE.

Hé bien, vous ne m'avez pas infultée,
& quand cela feroit, y a-t-il de meilleure
réparation que l'amour que vous avez pour
moi? allez, mon ami, ne fongez plus à
cela.

ARLEQUIN.

Quand je vous regarde, je me trouve
fi fot.

LISETTE.

Tant mieux, je fuis bien aife que vous
m'aimiez ; car vous me plaifez beaucoup
vous.

ARLEQUIN *charmé.*

Oh oh oh , vous me faites mourir d'aise.

LISETTE.

Mais est-il bien vrai que vous m'aimiez?

ARLEQUIN.

Tenez, je vous aime . . . . . . Mais qui diantre peut dire cela? combien je vous aime . . . . . cela est si gros que je n'en sçai pas le compte.

LISETTE.

Vous voulez m'épouser?

ARLEQUIN.

Oh je ne badine point, je vous recherche honnêtement pardevant Notaire.

LISETTE.

Vous êtes tout à moi.

ARLEQUIN.

Comme un quarteron d'épingles que vous auriez acheté chez le Marchand.

LISETTE.

Vous avez envie que je sois heureuse.

ARLEQUIN.

Je voudrois pouvoir vous entretenir faineante toute votre vie , manger , boire & dormir ; voilà l'ouvrage que je vous souhaite.

LISETTE.

Hé bien , mon ami , il faut que je vous avoüe une chose ; j'ai fait tirer mon horoscope il n'y a pas plus de huit jours.

ARLEQUIN.

Ho ho.

LISETTE.

Vous pafsâtes dans ce moment-là, & on me dit, voyez-vous ce joli brunet qui paffe, il s'appelle Arlequin.

ARLEQUIN.

Tout jufte.

LISETTE.

Il vous aimera.

ARLEQUIN.

Ah l'habile homme !

LISETTE.

Le Seigneur Frederic lui propofera de le fervir contre un inconnu, il refufera d'abord de le faire, parce qu'il s'imagine-ra que cela ne feroit pas bien ; mais vous obtiendrez de lui ce qu'il aura refufé au Seigneur Frederic, & de-là s'enfuivra pour vous deux une groffe fortune, dont vous joüirez mariez enfemble. Voila ce qu'on m'a prédit. Vous m'aimez déja, vous vou-lez m'époufer, la prédiction eft bien avan-cée : à l'égard de la propofition du Seigneur Frederic, je ne fçai ce que c'eft ; mais vous fçavez bien ce qu'il vous a dit, quant à moi, il m'a feulement recommandé de vous aimer, & je fuis en bon train de cela, comme vous voyez.

ARLEQUIN *étonné*.

Cela eſt admirable. Je vous aime, cela eſt vrai, je veux vous épouſer, cela eſt encore vrai, & véritablement le Seigneur Frederic m'a propoſé d'être un fripon, je n'ai pas voulu l'etre, & pourtant vous verrez qu'il faudra que j'en paſſe par-là; car quand une choſe eſt prédite, elle ne manque pas d'arriver.

LISETTE.

Prenez garde, on ne m'a pas prédit que le Seigneur Frederic vous propoſeroit une friponnerie; on m'a ſeulement prédit que vous croiriez que c'en ſeroit une.

ARLEQUIN.

Je l'ai crû auſſi, & aparemment je me ſuis trompé.

LISETTE.

Cela va tout ſeul.

ARLEQUIN.

Je ſuis un grand nigaud; mais au bout du compte, cela avoit la mine d'une friponnerie, comme j'ai la mine d'Arlequin; je ſuis fâché d'avoir vilipendé ce bon Seigneur Frederic, je lui ai fait donner tout ſon argent, par bonheur je ne ſuis pas obligé à reſtitution, je ne devinois pas qu'il y avoit une prédiction qui me donnoit le tort.

LISETTE.

Sans doute.

ARLEQUIN.

Avec cela cette prédiction doit avoir prédit que je lui vuiderois sa bourse.

LISETTE.

Oh gardez ce que vous avez reçû.

ARLEQUIN.

Cet argent-là métoit dû, comme une Lettre de change, si j'allois le rendre , cela gâteroit l'horoscope, & il ne faut pas aller à l'encontre d'un Astrologue.

LISETTE.

Vous avez raison, il ne s'agit plus à present que d'obéïr à ce qui est prédit, en faisant ce que souhaite le Seigneur Frederic, afin de gagner pour nous cette grosse fortune qui nous est promise.

ARLEQUIN.

Gagnons , ma Mie , gagnons , cela est juste, Arlequin est à vous , tournez-le , virez-le à votre fantaisie, je ne m'embarasse plus de lui , la prédiction m'a transporté à vous , elle sçait bien ce qu'elle fait , il ne m'appartient pas de contredire à son ordonnance , je vous aime , je vous épouserai , je tromperai Monsieur Lelio , & je m'en gausse, le vent me pousse , il faut que j'aille , il me pousse à baiser votre menotte, il faut que je la baise.

LISETTE *riant.*

L'Aſtrologue n'a pas parlé de cet article-là.

ARLEQUIN.

Il l'aura peut-être oublié.

LISETTE.

Aparemment ; mais allons trouver le
Seigneur Frederic pour vous réconcilier
avec lui.

ARLEQUIN.

Voilà mon Maître, je dois être encore
trois ſemaines avec lui, pour guetter ce
qu'il fera, & je vais voir s'il n'a pas beſoin
de moi, allez, mes amours, allez m'attendre chez le Seigneur Frederic.

LISETTE.

Ne tardez pas.

SCENE. II.

LELIO, ARLEQUIN.

*Lelio arrive rêveur ſans voir Arlequin
qui ſe retire à quartier. Lelio s'arrête
ſur le bord du Théatre en rêvant.*

ARLEQUIN *à part.*

IL ne me voit pas. Voyons ſa pen-
ſée.

LELIO.
Me voilà dans un embaras, dont je ne sçai comment me tirer.
ARLEQUIN *à part.*
Il eſt embaraſſé.
LELIO.
Je tremble que la Princeſſe pendant la Fête n'ait ſurpris mes regards ſur la perſonne que j'aime.
ARLEQUIN *à part.*
Il tremble à cauſe de la Princeſſe, tubleu.... ce friſſon-là eſt une affaire d'Etat.....vertuchou.......
LELIO.
Si la Princeſſe vient à ſoupçonner mon penchant pour ſon amie, ſa jalouſie me la dérobera, & peut-être fera-t-elle pis.
ARLEQUIN *à part.*
Oh oh.... la dérobera.... il traite la Princeſſe de friponne. Parlaſambille, Monſieur le Conſeiller fera bien ſes orges de ces bribes-là que je ramaſſe, & je voi bien que cela me vaudra pignon ſur ruë.
LELIO.
J'aurois beſoin d'une entrevûë.
ARLEQUIN *à part.*
Qu'eſt-ce que c'eſt qu'une entrevûë.... je croi qu'il parle latin....le pauvre homme, il me fait pitié pourtant ; car peut-être qu'il en mourra : mais l'horoſcope le veut ;

cependant si j'avois un peu sa permission ...
Voyons, je vais lui parler.

*Il retourne dans le fond du Théatre, & de-
là il accourt, comme s'il arrivoit, & dit.*

Ah mon cher Maître !

LELIO.

Que me veux-tu ?

ARLEQUIN

Je viens vous demander ma petite fortune.

LELIO.

Qu'est-ce que c'est que cette fortune ?

ARLEQUIN.

C'est que le Seigneur Frederic m'a promis tout plein mes poches d'argent, si
je lui contois un peu ce que vous êtes, &
tout ce que je sçai de vous, il m'a bien recommandé le secret, & je suis obligé de
le garder en conscience ; ce que j'en dis,
ce n'est que par maniere de parler. Voulez-vous que je lui rapporte toutes les ba-
bioles qu'il demande, vous sçavez que
je suis pauvre, l'argent qui m'en viendra
je le mettrai en rente, où je le prêterai à
usure.

LELIO.

Que Frederic est lâche ! Mon enfant, je
pardonne à ta simplicité le compliment
que tu me fais. Tu as de l'honneur à ta ma-

niere ; & je ne voi nul inconvenient pour moi à te laisser profiter de la bassesse de Frederic. Oüi, reçois son argent, je veux bien que tu lui rapporte ce que je t'ai dit que j'étois, & ce que tu sçais.

ARLEQUIN.

Votre foi ?

LELIO.

Fais, j'y consens.

ARLEQUIN.

Ne vous gênez point, parlez-moi sans façon, je vous laisse la liberté, rien de force.

LELIO.

Vas ton chemin, & n'oublie pas surtout de lui marquer le souverain mépris que j'ai pour lui.

ARLEQUIN.

Je ferai votre commission.

LELIO.

J'apperçois la Princesse. Adieu Arlequin, va gagner ton argent.

ARLEQUIN *seul.*

Quand on a un peu d'esprit, on accommode tout ; un butort auroit été chagriner son Maître sans lui en demander honnêtement le privilege : à cette heure, si je lui cause du chagrin, ce sera de bonne amitié, au moins. Mais voilà cette Princesse avec sa camarade.

SCENE III.

ARLEQUIN, LA PRINCESSE, HORTENSE.

LA PRINCESSE *à Arlequin.*

IL me semble avoir vû de loin ton Maître avec toi.

ARLEQUIN

Il vous a semblé la vérité, Madame, & quand cela ne seroit pas, je ne suis pas là pour vous dédire.

LA PRINCESSE.

Va le chercher, & dis-lui que j'ai à lui parler.

ARLEQUIN.

J'y cours, Madame, (*il va & revient*) si je ne le trouve pas, qu'est-ce que je lui dirai ?

LA PRINCESSE.

Il ne peut pas encore être loin, tu le trouveras sans doute.

ARLEQUIN *à part.*

Bon, je vais tout d'un coup chercher le Seigneur Frederic.

SCENE IV.

LA PRINCESSE, HORTENSE.

LA PRINCESSE.

MA chere Hortenſe, aparemment que ma reverie eſt contagieuſe;car vous devenez réveuſe auſſi-bien que moi.

HORTENSE.

Que voulez-vous, Madame, je vous voi rêver, & cela me donne un air penſif; je vous copie de figure.

LA PRINCESSE.

Vous copiez ſi bien qu'on ſi m'éprendroit, quant à moi je ne ſuis point tranquille; le rapport que vous me faites de Lelio ne me ſatisfait pas. Un homme à qui vous avez fait appercevoir que je l'aime, un homme à qui j'ai crû voir du penchant pour moi, devroit à votre diſcours donner malgré lui quelques marques de joye, & vous ne me parlez que de ſon profond reſpect, cela eſt bien froid.

HORTENSE.

Mais, Madame, ordinairement le reſpect n'eſt ni chaud, ni froid; je ne lui ai pas dit cruëment, la Princeſſe vous aime,

il

il ne m'a pas répondu cruëment , j'en suis
charmé , il ne lui a pas pris des transports ;
mais il m'a paru pénétré d'un profond respeét , j'en reviens toujours à ce respeét , &
je le trouve en sa place.

LA PRINCESSE.

Vous êtes femme d'esprit , lui avez-
vous senti quelque surprise agréable ?

HORTENSE.

De la surprise ? oüi , il en a montré ; à
l'égard de sçavoir si elle étoit agréable ou
non , quand un homme sent du plaisir , &
qu'il ne le dit point , il en auroit un jour
entier sans qu'on le devinât ; mais enfin
pour moi , je suis fort contente de lui.

LA PRINCESSE *souriant d'un air forcé.*

Vous êtes fort contente de lui , Hortense , n'y auroit-il rien d'équivoque là-
dessous , qu'est-ce que cela signifie ?

HORTENSE.

Ce que signifie , je suis contente de lui ,
cela veut dire . . . . . En verité , Madame ,
cela veut dire que je suis contente de lui ,
on ne sçauroit expliquer cela qu'en le ré-
petant ; comment feriez-vous pour dire autrement. Je suis satisfaite de ce qu'il m'a
répondu sur votre chapitre ; l'aimez-vous
mieux de cette façon-là ?

LA PRINCESSE.

Cela est plus clair.

F

HORTENSE.

C'eſt pourtant la même choſe.

LA PRINCESSE.

Ne vous fâchez point, je ſuis dans une ſituation d'eſprit qui mérite un peu d'indulgence. Il me vient des idées fâcheuſes, déraiſonnables, je crains tout, je ſoupçonne tout ; je croi que j'ai été jalouſe de vous, oüi de vous-même, qui êtes la meilleure de mes amies, qui méritez ma confiance, & qui l'avez. Vous êtes aimable ; Lelio l'eſt auſſi, vous vous êtes vû tous deux, vous m'avez fait un raport de lui qui n'a pas rempli mes eſperances, je me ſuis égarée là-deſſus, j'ai vû mille chimeres, vous étiez déja ma rivale : qu'eſt-ce que c'eſt que l'amour, ma chere Hortenſe, où eſt l'eſtime que j'ai peur vous, la juſtice que je dois vous rendre, me reconnoiſſez-vous, ne ſont-ce pas-là les foibleſſes d'un enfant que je rapporte ?

HORTENSE.

Oüi ; mais les foibleſſes d'un enfant de votre âge ſont dangereuſes, & je voudrois bien n'avoir rien à démêler avec elles.

LA PRINCESSE.

Ecoutez, je n'ai pas tant de tort ; tantôt pendant que nous étions à cette Fête, Lelio n'a preſque regardé que vous, vous le ſçavez bien.

HORTENSE.

Moi, Madame.

LA PRINCESSE.

Hé bien, vous n'en convenez pas, cela est mal entendu, par éxemple, il sembleroit qu'il y a du myſtere, n'ai-je pas remarqué que les regards de Lelio vous embaraſſoient, & que vous n'oſiez pas le regarder, par conſideration pour moi ſans doute........ Vous ne me répondez pas ?

HORTENSE.

C'eſt que je vous vois en train de remarquer, & ſi je répond, j'ai peur que vous ne remarquiez encore quelque choſe dans ma réponſe ; cependant je n'y gagne rien, car vous faites une remarque ſur mon ſilence, je ne ſçai plus comment me conduire, ſi je me tais, c'eſt du miſtere, ſi je parle, autre miſtere ; enfin je suis myſtere depuis les pieds juſqu'à la tête, en vérité je n'oſe pas me remuer, j'ai peur que vous n'y trouviez un équivoque, quel étrange amour que le vôtre, Madame, je n'en ai jamais vû de cette humeur-là.

LA PRINCESSE.

Encore une fois je me condamne ; mais vous n'êtes pas mon amie pour rien, vous êtes obligée de me ſuporter ; j'ai de l'amour en un mot, voilà mon excuſe.

HORTENSE.

Mais , Madame , c'est plus mon amour
que le vôtre ; de la maniere dont vous le
prenez , il me fatigue plus que vous , ne
pourriez-vous me dispenser de votre con-
fidence ; je me trouve une passion sur les
bras qui ne m'appartient pas , peut-on de
fardeau plus ingrat ?

LA PRIMCESSE *d'un air serieux.*

Hortense , je vous croyois plus d'attachement pour moi , & je ne sçai que penser après tout du dégoût que vous teinoi-
gnez ; quand je répare mes soupçons à votre égard par l'aveu franc que je vous en
fais , mon amour vous déplaît trop , je n'y
comprend rien , on diroit presque que vous
en avez peur.

HORTENSE.

Ah la désagréable situation ! que je suis
malheureuse ! de ne pouvoir ouvrir , ni fer-
mer la bouche en sureté ! Que faudra-t-il
donc que je devienne ? les remarques me
suivent , je n'y sçaurois tenir , vous me
désesperez , je vous tourmente , toujours
je vous fâcherai en parlant , toujours je
vous fâcherai en ne disant mot , je ne
sçaurois donc me corriger ; voilà une que-
relle fondée pour l'éternité ; le moyen de
vivre ensemble , j'aimerois mieux mourir.
Vous me trouvez rêveuse , après cela il

faut que je m'explique. Lelio m'a regardé, vous ne sçavez que penser, vous ne me comprenez pas, vous m'estimez, vous me croyez fourbe, haine, amitié, soupçon, confiance, le calme, l'orage, vous mettez tout ensemble, je m'y perds, la tête me tourne, je ne sçai où je suis, je quitte la partie, je me sauve, je m'en retourne ; dûssiez-vous prendre encore mon voyage pour une finesse.

LA PSINCEESSE *la careffant.*

Non, ma chere Hortense, vous ne me quitterez point, je ne veux point vous perdre, je veux vous aimer, je veux que vous m'aimiez, j'abjure toutes mes foiblesses, vous êtes mon amie, je suis la vôtre, & cela durera toujours.

HORTENSE.

Madame, cet amour-là nous broüillera ensemble, vous le verrez, laissez - moi partir, comptez que je le fais pour le mieux.

LA PRINCESSE.

Non, ma chere, je vais faire arrêter tous vos équipages, vous ne vous servirez que des miens, & pour plus de sureté, à toutes les portes de la Ville vous trouverez des Gardes qui ne vous laisseront passer qu'avec moi, nous irons quelquefois nous promener ensemble ; voilà tous les voyages

que vous ferez : point de mutinerie, je n'en
rabatterai rien : à l'égard de Lelio, vous
continuërez de le voir avec moi ou sans
moi, quand votre amie vous en priera.

HORTENSE.

Moi, voir Lelio, Madame, & si Lelio
me regarde, il a des yeux, & si je le regarde, j'en ai aussi, ou bien si je ne le regarde pas ; car tout cela est égal avec vous.
Que voulez-vous que je fasse dans la com-
pagnie d'un homme avec qui toute fonction
de mes deux yeux est interdite ; les fer-
merai-je, les détournerai-je, voilà tout ce
qu'on en peut faire, & rien de tout cela
ne vous convient ; d'ailleurs s'il a toujours
ce profond respect qui n'est pas de votre
goût, vous vous en prendrez à moi, vous
me direz encore cela est bien froid, comme si je n'avois qu'à lui dire, Monsieur,
soyez plus tendre, ainsi son respect, ses
yeux & les miens, voilà trois choses que
vous ne me passerez jamais. Je ne sçai si
pour vous accommoder il me suffiroit d'ê-
tre aveugle, sourde & muette, je ne serois
peut-être pas encore à l'abri de votre chicanne.

LA PRINCESSE.

Toute cette vivacité-là ne me fait point
de peur, je vous connois, vous êtes bonne, mais impatiente, & quelque jour vous

& moi, nous rirons de ce qui nous arrive aujourd'hui.

HORTENSE.

Souffrez que je m'éloigne pendant que vous aimez, au lieu de rire de mon séjour, nous rirons de mon absence, n'est-ce pas la même chose?

LA PRINCESSE.

Ne m'en parlez plus, vous m'affligez. Voici Lelio qu'aparament Arlequin aura averti de ma part, prenez de grace un air moins triste, je n'ai qu'un mot à lui dire, après l'instruction que vous lui avez donnée, nous jugerons bientôt de ses sentimens par la maniere dont il se comportera dans la suite. Le don de ma main lui fait un beau rang;;mais il peut avoir le cœur pris.

SCENE V.

LELIO, HORTENSE, LA PRINCESSE.

LELIO.

JE me tends à vos ordres, Madame, Arlequin m'a dit qud vous souhaitiez me parler.

LA PRINCESSE.

Je vous attendois, Lelio, vous sçavez quelle est la commission de l'Ambassadeur du Roy de Castille, qu'on est convenu d'en déliberer aujourd'hui. Frederic s'y trouvera ; mais c'est à vous seul à décider, il s'agit de ma main que le Roy de Castille demande, vous pouvez l'accorder ou la refuser ; je ne vous dirai point quelles seroient mes intentions là-dessus, je m'en tiens à souhaiter que vous les deviniez, j'ai quelques ordres à donner, je vous laisse un moment avec Hortense, à peine vous connoissez-vous encore, elle est mon amie, & je suis bien aise que l'estime que j'ai pour vous ait son aveu. (*Elle sort.*)

SCENE VI.

HORTENSE, LELIO.

LELIO.

ENfin, Madame, il est tems que vous décidiez de mon sort, il n'y a point de momens à perdre. Vous venez d'entendre la Princesse, elle veut que je prononce sur le mariage qu'on lui propose ; si je refuse de le conclure, c'est entrer dans ses vûës,

& lui

& lui dire que je l'aime, si je le conclus,
c'est lui donner des preuves d'une indifference dont elle cherchera les raisons. La
conjonĉture est pressante ; que résolûez-
vous en ma faveur, il faut que je me dé-
robe d'ici incessament; mais vous, Madame, y resterez-vous ; je puis vous offrir
un azile où vôus ne craindrez personne.
Oserai-je esperer que vous consentirez aux
mesures promptes & nécessaires......

HORTENSE.

Non, Monsieur, n'esperez rien, je vous
prie, ne-parlons plus de votre cœur, &
laissez le mien en repos, vous-le troublez,
je ne sçai ce qu'il est devenu, je n'entend
parler que d'amour à droit & à gauche,
il m'environne, il m'obsede, & le vôtre
au bout du compte est celui qui me presse
le plus.

LELIO.

Quoi, Madame, c'en est donc fait,
mon amour vous fatigue, & vous me re-
buttez.

HORTENSE.

Si vous cherchez à m'attendrir, je vous
avertis que je vous quitte ; je n'aime point
qu'on éxerce mon courage.

LELIO.

Ah, Madame ! il ne vous en faut pas
beaucoup pour résister à ma douleur.

G

HORTENSE.

Eh, Monſieur, je ne ſçai point ce qu'il
m'en faut, & ne trouve point à propos
de le ſçavoir ; laiſſez-moi me gouverner,
chacun ſe ſent, briſons là-deſſus.

LELIO.

Il n'eſt que trop vrai que vous pouvez
m'écouter ſans aucun riſque.

HORTENSE.

Il n'eſt que trop vrai. Oh je ſuis plus
difficile en vérités que vous, & ce qui eſt
trop vrai pour vous ne l'eſt pas aſſez pour
moi. Je crois que j'irois loin avec vos ſu-
retez, ſur - tout avec un garand comme
vous. En vérité, Monſieur, vous n'y ſon-
gez pas, il n'eſt que trop vrai ; ſi cela é-
toit ſi vrai, j'en ſçaurois quelque choſe, car
vous me forcez à vous dire plus que je ne
veux, & je ne vous le pardonnerai pas.

LELIO.

Si vous ſentez quelque heureuſe diſpo-
ſxion pour moi, qu'ai-je fait depuis tantôt
qui puiſſe mériter que vous la combattiez !

HORTENSE.

Ce que vous avez fait? Pourquoi me
rencontrez-vous ici, qu'y venez-vous chercher, vous êtes arrivé à la Cour, vous a-
vez plu à la Princeſſe, elle vous aime,
vous dépendez d'elle, j'en dépend de même, elle eſt jalouſe de moi, voilà ce que

vous avez fait, Monfieur, & il n'y a point
de remede à cela, puifque je n'en trouve
point.

LELIO *étonné.*

La Princeffe eft jaloufe de vous?

HORTENSE.

Oüi, très-jaloufe, peut - être actuelle-
ment fommes-nous. obfervez l'un & l'autre, & après cela vous venez me parler de
votre paffion, vous voulez que je vous
aime, vous le voulez, & je tremble de ce
qui en peut arriver : car enfin on fe laffe,
j'ai beau vous dire que cela ne fe peut pas,
que mon cœur vous feroit inutile, vous ne
m'écoutez point, vous vous plaifez à me
pouffer à bout : eh, Lelio, qu'eft-ce que
c'eft que votre amour ? vous ne me mé-
nagez point ; aime-t-on les gens quand on
les perfecute, quand ils font plus à plaindre que nous ; quand ils ont leurs chagrins
& les nôtres, quand ils ne nous font un
peu de mal que pour éviter de nous en
faire davantage. Je refufe de vous aimer,
qu'eft-ce que j'y gagne ? vous imaginez-
vous que j'y prend plaifir, non Lelio, non,
le plaifir n'eft pas grand, vous êtes un
ingrat, vous devriez me remercier de mes
refus, vous ne les méritez pas. Dites-moi,
qu'eft-ce qui m'empêche de vous aimer ?
cela eft-il fi difficile ! n'ai-je pas le cœur

libre ? n'êtes-vous pas aimable ? ne m'aimez-vous pas affez, que vous manque-t-il ?
vous n'êtes pas raifonnable. Je vous refufe mon cœur avec le péril qu'il y a de l'a-
voir, mon amour vous perdroit, voilà
pourquoi vous ne l'aurez point, voilà d'où
me vient ce courage que vous me repro-
chez, & vous vous plaignez de moi, &
vous me demandez encore que je vous
aime, expliquez-vous donc, que me de-
mandez-vous ? que vous faut-il ? qu'ap-
pellez-vous aimer ? je n'y comprends
rien.

LELIO *vivement.*

C'eft votre main qui manque à mon
bonheur.

HORTENSE *tendrement.*

Ma main . . . . . ah je ne périrois pas
feule, & le don que je vous en ferois me
coûteroit mon époux & je ne veux pas mourir en perdant un homme comme vous.
Non, fi je faifois jamais votre bonheur,
je voudrois qu'il durât long-tems.

LELIO *animé.*

Mon cœur ne peut fuffire à toute ma
tendreffe, Madame, prêtez-moi de grace,
un moment d'attention, je vais vous inf-
truire.

HORTENSE.

Arrêtez, Lelio, j'envifage un malheur

qui me fait frémir, je ne sçache rien de si
cruel que votre obstination ; il me semble
que tout ce que vous me dites m'entretient
de votre mort. Je vous avois prié de laiffer mon cœur en repos, vous n'en faites
rien;voilà qui est fini,pourfuivez,je ne vous
crains plus. Je me suis d'abord contentée
de vous dire que je ne pouvois pas vous
aimer, cela ne vous a pas épouventé, mais
je sçai des façons de parler plus positives,
plus intelligibles, & qui assurément vous
guériront de toute esperance. Voici donc à
la lettre ce que je penfe, &ce que je pen-
ferai toujours. C'est que je ne vous aime
point, & que je ne vous aimerai jamais.
Ce discours est net, je le croi sans replique,
il ne reste plus de question à faire, je ne
fortirai point de-là, je ne vous aime point,
vous ne me plaisez point, si je sçavois
une maniere de m'expliquer plus dure, je
m'en fervirois pour vous punir de la douleur que je souffre à vous en faire. Je ne
penfe pas qu'à prefent vous ayez envie de
parler de votre amour, ainfi changeons de
fujet.

LELIO.

Oüi, Madame, je voi bien que votre
réfolution est prife ; la feule esperance d'ê-
tre uni pour jamais avec vous, m'arrêtoit
encore ici, je m'étois flatté, je l'avoüe ;

mais c'est bien peu de chose que l'interêt que l'on prend à un homme à qui l'on peut parler comme vous le faites, quand je vous apprendrois qui je suis, cela ne serviroit de rien, vos refus n'en seroient que plus affligeans. Adieu, Madame, il n'y a plus de séjour ici pour moi, je pars dans l'instant, & ne vous oublierai jamais. (*Il s'éloigne.*)

HORTENSE *pendant qu'il s'en va.*

Oh je ne sçai plus où j'en suis, je n'avois pas prévû ce coup-là. (*Elle l'appelle*) Lelio?

LELIO *revenant.*

Que me voulez-vous, Madame ?

HORTENSE.

Je n'en sçai rien; vous êtes au désespoir, vous m'y mettez, je ne sçai encore que cela.

LELIO.

Vous me haïrez, si je ne vous quitte.

HORTENSE.

Je ne vous hais plus quand vous me quittez.

LELIO.

Daignez donc consulter votre cœur ?

HORTENSE.

Vous voyez bien les conseils qu'il me donne, vous parlez, je vous rappelle, je vous rappellerai, si je vous renvoye, mon cœur ne finira rien.

LELIO.

Eh, Madame, ne me renvoyez plus; nous échaperons aisément à tous les malheurs que vous craignez, laissez-moi vous expliquer mes mesures, & vous dire que ma naissance.......

HORTENSE *vivement.*

Non, je me retrouve enfin, je ne veux plus rien entendre: échaper à nos malheurs? Ne s'agit-il pas de sortir d'ici? le pourrons-nous? n'a-t-on pas les yeux sur nous? ne serez-vous pas arrêté? Adieu, je vous dois la vie, je ne vous devrai rien; si vous ne sauvez la vôtre. Vous dites que vous m'aimez; non, je n'en croi rien, si vous ne partez. Partez donc, ou soyez mon ennemi mortel, partez, ma tendresse vous l'ordonne, ou restez ici, l'homme du monde le plus haï de moi, & le plus haïssable que je connoisse. (*Elle s'en va comme en colere.*)

LELIO *d'un ton de dépit.*

Je partirai donc, puisque vous le voulez; mais vous prétendez me sauver la vie, & vous n'y réüssirez pas.

HORTENSE *se retournant de loin.*

Vous me rappellez donc à votre tour.

LELIO.

J'aime autant mourir que de ne vous plus voir.

HORTENSE.

Ah , voyons donc les mesures que vous voulez prendre.

LELIO *transporté de joye.*

Quel bonheur ! je ne sçavrois retenir mes transports.

HORTENSE *nonchalament.*

Vous m'aimez beaucoup , je le sçai bien, passons votre reconnoissance , nous dirons cela une autre fois ; r~nons aux mesures ...

LELIO.

Que n'ai-je, au lieu d'une Couronne qui m'attend , l'Empire de la terre à vous offrir.

HORTENSE *avec une surprise modeste.*

Vous étes né Prince ; mais vous n'avez qu'à me garder votre cœur , vous ne me donnerez rien qui le vaille. Achevons.

LELIO.

J'attends demain incognito un Courrier du Roy de Leon mon Pere .....

HORTENSE.

Arrêtez, Prince, Frederic vient , l'Ambassadeur le suit sans doute. Vous m'informerez tantôt de vos résolutions.

LELIO.

Je crains encore vos inquietudes.

HORTENSE.

Et moi je ne crains plus rien, je me sens
l'imprudence la plus tranquille du monde,
vous me l'avez donnée, je m'en trouve
bien, c'est à vous à me le garantir, faites
comme vous pourez.

LELIO.

Tout ira bien, Madame, je ne conclu-
rai rien avec l'Ambaſſadeur pour gagner du
tems, je vous reverrai tantôt.

SCENE VII.

L'AMBASSADEUR, LELIO, FREDERIC.

FREDERIC *à part à l'Ambaſſadeur.*

VOus ſentirez (j'en ſuis ſûr) juſqu'où
va l'audace de ſes eſperances.

L'AMBASSADEUR *à Lelio.*

Vous ſçavez, Monſieur, ce qui m'a-
meine ici, & votre habileté me répond
du ſuccès de ma commiſſion. Il s'agit d'un
mariage entre votre Princeſſe & le Roy de
Caſtille mon Maître. Tout invite à le conclure, jamais union ne fut peut-être plus
néceſſaire, vous n'ignorez pas les juſtes
droits que les Rois de Caſtille prétendent
avoir ſur une partie de cet Etat par les alliances.

LELIO.

Laissons-là ces droits historiques ; Monsieur, je sçai ce que c'est, & quand on voudra, la Princesse en produira de même valeur sur les Etats du Roy votre Maître ; nous n'avons qu'à relire aussi les alliances passées, vous verrez qu'il y aura quelqu'une de vos Provinces qui nous appartiendra.

FREDERIC.

Effectivement vos droits ne sont pas fondez, & il n'est pas besoin d'en appuyer le mariage dont il s'agit.

L'AMBASSADEUR.

Laissons-les donc pour le present, j'y consens ; mais la trop grande proximité des deux Etats entretient depuis vingt ans des guerres qui ne finissent que pour des instants, & qui recommenceront bientôt entre deux Nations voisines, & dont les interêts se croiseront toujours. Vos peuples sont fatiguez, mille occasions vous ont prouvé que vos ressources sont inégales aux nôtres, la paix que nous venons de faire avec vous, vous la devez à des circonstances qui ne se rencontreront pas toujours ; si la Castille n'avoit été occupée ailleurs, les choses auroient bien changé de face.

LELIO.

Point du tout ; il en auroit été de cette

guerre, comme de toutes les autres : depuis tant de siécles que cet Etat se défend
contre le vôtre, où sont vos progrez, je
n'en voi point qui puissent justifier cette
grande inégalité de forces dont vous parlez.

L'AMBASSADEUR.

Vous ne vous êtes soûtenus que par des
secours étrangers.

LELIO.

Ces mémes secours dans bien des occasions vous ont aussi rendu de grands
services ; & voilà comment subsistent les
Etats, la politique de l'un arrête l'ambition de l'autre.

FREDERIC.

Retranchons-nous sur des choses plus
effectives, sur la tranquilité durable que
ce mariage assureroit aux deux peuples qui
ne seroîent plus qu'un, & qui n'auroient
plus qu'un même Maître.

LELIO.

Fort bien, mais nos peuples n'ont-ils
pas leurs loix particulieres ; êtes-vous sûr,
Monsieur, qu'ils voudront bien passer sous
une domination étrangere, & peut-être
se soûmettre aux coûtumes d'une Nation
qui leur est antipatique ?

L'AMBASSADEUR.

Désobéïront-ils à leur Souveraine ?

LELIO.

Ils lui désobéïront par amour pour elle.

FREDERIC.

En ce cas-là il ne sera pas difficile de les réduire.

LELIO.

Y pensez-vous, Monsieur, s'il faut les opprimer pour les rendre tranquilles comme vous l'entendez, ce n'est pas de leur Souveraine que doit leur venir un pareil repos, il n'appartient qu'à la fureur d'un ennemi de leur faire un present si funeste.

FREDERIC *à part à l'Ambassadeur*.

Vous voyez des preuves de ce que je vous ai dit.

L'AMBASSADEUR à *Lelio*.

Votre avis est donc de rejetter le mariage que je propose.

LELIO.

Je ne le rejette point ; mais il mérite réflexion ; il faut examiner mûrement les choses, après quoi je conseillerai à la Princesse ce que je jugerai de mieux pour sa gloire, & pour le bien de ses peuples : le Seigneur Frederic dira ses raisons, & moi les miennes.

FREDERIC.

On décidera sur les vôtres.

L'AMBASSADEUR.

Me permettrez-vous de vous parler à cœur ouvert.

LELIO.

Vous êtes le Maître.

L'AMBASSADEUR.

Vous êtes ici dans une belle situation,
& vous craignez d'en sortir, si la Princesse
se marie ; mais le Roy mon Maître est assez
grand Seigneur pour vous dédomager, &
j'en répond pour lui.

LELIO *froidement.*

Ah de grace, ne citez point ici le Roy
votre Maître, soupçonnez-moi tant que
vous voudrez de manquer de droiture ;
mais ne l'associez point à vos soupçons,
quand nous faisons parler les Princes,
Monsieur, que ce soit toujours d'une maniere noble & digne d'eux ; c'est un respect que nous leur devons, & vous me
faites rougir pour le Roy de Castille.

L'AMBASSADEUR.

Arrétons - là, une discussion là - dessus
nous meneroit trop loin, il ne me reste
qu'un mot à vous dire, & ce n'est plus le
Roy de Castille, c'est moi qui vous parle
à présent. On m'a averti que je vous trou-
verois contraire au mariage dont il s'agit,
tout convenable, tout nécessaire qu'il est,
si jamais la Princesse veut épouser un Prince. On a prévû les difficultez que vous
faites, & l'on prétend que vous avez vos
raisons pour les faire, raisons si hardies,

que je n'ai pû les croire, & qui font fon-
dées, dit-on, fur la confiance dont la Princeffe vous honore.

LELIO.

Vous m'allez encore parler à cœur ouvert, Monfieur, & fi vous m'en croyez,
vous n'en ferez rien : la franchife ne vous
réüffit pas, le Roy votre Maître s'en eft
mal trouvé tout à l'heure, & vous m'in-
quiétez pour la Princeffe.

L'AMBASSADEUR.

Ne craignez rien, loin de manquer moi-
même à ce que je lui dois, je ne veux que
l'apprendre à ceux qui l'oublient.

LELIO.

Voyons ; j'en fçai tant là-deffus que je
fuis en état de corriger vos leçons-mêmes.
Que dit-on de moi ?

L'AMBASSADEUR.

Des chofes hors de toute vraifemblance.

FREDERIC.

Ne les expliquez point, je croi fçavoir
ce que c'eft, on me les a dites auffi, &
j'en ai ri comme d'une chimere.

LELIO *regardant Frederic.*

N'importe, je ferai bien aife de voir
jufqu'où va la lache inimitié de ceux dont
je bleffe ici les yeux, que vous connoiffez
comme moi, & à qui j'aurois fait bien du
mal, fi j'avois voulu ; mais qui ne vallent

pas la peine. qu'un honnête homme se vange. Revenons.

L'AMBASSADEUR.

Non, le Seigneur Frederic a raison, n'expliquons rien ; ce sont des illusions, un homme d'esprit comme vous ; dont la fortune est déja si prodigieuse, & qui la mérite, ne sçauroit avoir des sentimens aussi périlleux que ceux qu'on vous attribuë, la Princesse n'est sans doute que l'objet de vos respects ; mais le bruit qui court sur votre compte vous expose, & pour le détruire, je vous conseillerois de porter la Princesse à un mariage avantageux à l'Etat.

LELIO.

Je vous suis très-obligé de vos conseils, Monsieur ; mais j'ai regret à la peine que vous prenez de m'en donner. Jusqu'ici les Ambassadeurs n'ont jamais été les Précepteurs des Ministres chez qui ils vont, & je n'ose renverser l'ordre : quand je verrai votre nouvelle méthode bien établie, je vous promets de la suivre.

L'AMBASSADEUR.

Je n'ai pas tout dit. Le Roy de Castille a pris de l'inclination pour la Princesse sur un Portrait qu'il en a vû, c'est en amant que ce jeune prince souhaite un mariage, que la raison, l'égalité d'âge & la politique doivent presser de part & d'autre. S'il ne

s'acheve pas, si vous en détournez la Princesse par des motifs qu'elle ne sçait pas,
faites du moins qu'à son tour ce Prince
ignore les secrettes raïsons qui s'opposent
en vous à ce qu'il souhaite ; la vengeance des Princes peut porter loin ; souve-
nez-vous-en.

LELIO.

Encore une fois je ne rejette point votre
proposition, nous l'éxaminerons plus à
loisir, mais si les raisons secrettes que vous
voulez dire étoient réelles, Monsieur, je
ne laisserois pas que d'embarasser le ressen-
timent de votre Prince, il seroit plus difficile de se venger de moi que vous ne pensez.

L'AMBASSADEUR. *outré.*

De vous ?

LELIO *froidement.*

Oüi de moi.

L'AMBASSADEUR,

Doucement, vous ne sçavez pas à qui
vous parlez.

LELIO

Je sçai qui je suis, en voilà assez.

L'AMBASSADEUR.

Laissez-là ce que vous êtes ; & soyez sûr
que vous me devez respect.

LELIO.

Soit, & moi je n'ai, si vous le voulez,
que

que mon cœur pour tout avantage ; mais
les égards que l'on doit à la seule vertu ,
sont aussi légitimes que les respects que
l'on doit aux Princes , & fussiez-vous le
Roy de Castille-même ; si vous êtes généreux , vous ne sçauriez penser autrement ;
je ne vous ai point manqué de respect , sup-
posé que je vous en doive , mais les sentimens que je vous montre depuis que je
vous parle , méritoient de votre part plus
d'attention que vous ne leur en avez donné ; cependant je continuërai à vous res-
pecter , puisque vous dites qu'il le faut,
sans pourtant en examiner moins si le mariage dont il s'agit , est vraiment convenable... *Il sort fierement.*

S C E N E   V I I I.

FREDERIC , L'AMBASSADEUR.

FREDERIC.

LA maniere dont vous venez de lui
parler , me fait présumer bien des choses , peut être sous le titre d'Ambassadeur
nous cachez-vous......

L'AMBASSADEUR.

Non , Monsieur , il n'y a rien à présu-

iner; c'est un ton que j'ai cru pouvoir
prendre avec un avanturier que le fort a
élevé.

FREDERIC.

Eh bien, que dites-vous de cet homme-
là?

L'AMBASSADEUR.

Je dis que je l'estime.

FREDERIC.

Cependant si nous ne le renversons,
vous ne pouvez réüssir, ne joindrez-vous
pas vos efforts aux nôtres?

L'AMBASSADEUR.

J'y consens, à condition que nous ne
tenterons rien qui soit indigne de nous, je
veus le combattre généreusement comme
il le mérite.

FREDERIC.

Toutes actions sont généreuses, quand
elles tendent au bien général.

L'AMBASSADEUR.

Ne vous en fiez pas à vous, vous haïssez
Lelio, & la haine entend mal à faire des
maximes d'honneur; je tâcherai de voir
aujourd'hui la Princesse, je vous quitte,
j'ai quelques dépêches à faire, nous nous
reverrons tantôt.

SCENE. IX.

FREDERIC, ARLEQUIN
arrivant tout éfouflé.

FREDERIC *à part.*

MOnfieur l'Ambaffadeur me paroît bien fcrupuleux ; mais voici Arlequin qui accourt à moi.

ARLEQUIN.

Parlamardi, Monfieur le Confeiller, il y a long tems que je galope après vous, vous êtes plus difficile à trouver qu'une botte de foin dans une aiguille.

FREDERIC.

Je ne me fuis pourtant pas écarté, as-tu quelque chofe à me dire ?

ARLEQUIN.

Attendez, je croi que j'ai laiffé ma refpiration par les chemins. Ouf.....

FREDERIC.

Reprens haleine.

ARLEQUIN.

Oh dame, cela ne fe prend pas avec la main. Ohi ohi: Je vous ai été chercher au Palais, dans les falcs, dans les cuifines, je trotois par-ci, je trotois par-là, je trotois

partout, & y allons vîte, & boutte, & garre,
n'avés-vous pas vû le Seigneur Frederic?
Hé non, mon ami. Où diable est-il donc?
que la peste l'étouffe ; & puis je cours encore, patati, patata, je jure, je rencontre
un porteur d'eau, je renverse son eau, N'a-
vez-vous pas vû le Seigneur Frederic? attends, attends, je vais te donner du Seigneur Frederic par les oreilles ; moi je
m'enfuis. Par la sambleu, morbleu, ne seroit il pas au Cabaret? j'y entre, je trouve du vin, je bois chopine, je m'appaise,
& puis je reviens, & puis vous voilà.

FREDERIC.

Acheve, sçais-tu quelque chose? tu me
donne bien de l'impatience.

ARLEQUIN.

Cent mille écus ne seroient pas dignes
de me payer ma peine, pourtant j'en ra-
battrai beaucoup.

FREDERIC.

Je n'ai point d'argent sur moi ; mais je
t'en promets au sortir d'ici.

ARLEQUIN.

Pourquoi est-ce que vous laissez vôtre
bourse à la maison? si j'avois sçú cela je ne
vous aurois pas trouvé, car pendant que
j'y suis, il faut que je vous tienne.

FREDERIC.

Tu n'y perdras rien, parle, que sçais-tu?

ARLEQUIN.

De bonnes choses, c'est du nanan.

FREDERIC.

Voyons.

ARLEQUIN.

Cet argent promis m'envoye des fcru-
pules, fi vous pouviez me donner des
gages, ce petit diamant qui eft à votre
petit doigt par exemple, quand cela pro-
met de l'argent, cela tient parole.

FREDERIC.

Prend, le voilà pour garand de la mienne, ne me fais plus languir.

ARLEQUIN.

Vous êtes honnête homme, & votre
bague auffi. Or donc, tantôt Monfieur
Le io, qui vous méprife que c'eft une bé-
nédiction, il parloit à lui tout feul......

FREDERIC.

Bon.

ARLEQUIN.

Oüi, bon. Voilà la Princeffe qui vient.
Dirai-je tout devant elle?

FREDERIC *après avoir rêvé.*

Tu m'en fais venir l'idée. Oüi, mais
ne dis rien de tes engagemens avec moi.
Je vais parler le premier; conformes-toi à
ce que tu m'entendras dire.

SCENE X.

LA PRINCESSE , HORTENSE , FREDERIC, ARLEQUIN.

LA PRINCESSE.

EH bien, Frederic, qu'a-t-on conclu avec l'Ambassadeur ?

FREDERIC.

Madame ,. Monsieur Lelio panche à croire que sa proposition est recevable..

LA PRINCESSE.

Lui , son sentiment est que j'épouse le Roy de Castille ?

FREDERIC.

Il n'a demandé que le tems d'examiner un peu la chose.

LA PRINCESSE.

Je n'aurois pas crû qu'il dût penser comme vous le dites.

ARLEQUIN *derriere elle*.

Il en pense ma foy, bien d'autres..

LA PRINCESSE.

Ah te voilà ! (*à Frederic*) Que faites-vous de son valet ici ?

FREDERIC.

Quand vous êtes arrivée, Madame, il venoit, disoit il, me déclarer quelque chose qui vous concerne, & que le zele qu'il a pour vous l'oblige de découvrir. Monsieur Lelio y est mêlé ; mais je n'ai pas eu encore le tems de sçavoir ce que c'est.

LA PRINCESSE.

Sçachons-le ? de quoi s'agit-il.

ARLEQUIN.

C'est que, voyez-vous, Madame, il n'y a mardi point de chanson à cela, je suis bon serviteur de votre Principauté.

HORTENSE.

Eh quoi, Madame, pouvez-vous prêter l'oreille aux discours de pareilles gens.

LA PRINCESSE.

On s'amuse de tout ; continuë.

ARLEQUIN.

Je n'entends ni à dia, ni à huau, quand on ne vous rend pas la révérence qui vous appartient.

LA PRINCESSE.

A merveille ; mais viens au fait sans compliment.

ARLEQUIN.

Oh dame, quand on vous parle à vous autres, ce n'est pas le tout que d'ôter son chapeau, il faut bien mettre en avant quelque petite faribolle au bout ; à cette heure voilà mon histoire. Vous sçaurez donc avec votre permission, que tantôt j'écoutois Monsieur Lelio, qui faisoit la conversation des fous ; car il parloit tout seul. Il étoit devant moi, & moi derriere. Or ne vous déplaise, il ne sçavoit pas que j'étois là, il se viroit, je me virois, c'étoit une farce. Tout d'un coup il ne s'est plus viré, & puis s'est mis à dire comme cela, ouf, je suis diablement embarassé. Moi j'ai deviné qu'il avoit de l'embaras ; quand il a eu dit cela, il n'a rien dit davantage, il s'est promené, ensuite il y a pris un grand frisson.

HORTENSE.
En vérité, Madame, vous m'étonnez.
LA PRINCESSE.
Que veux-tu dire, un frisson ?
ARLEQUIN.
Oüi, il a dit, je tremble, & ce n'étoit pas pour des prunes, le gaillard ; car, a-t il repris, j'ai lorgné ma gentille Maitresse pendant cette belle fête, & si cette Princesse qui est plus fine qu'un merle, a vû troter ma prunelle, mon affaire va mal ; j'en dis du mirlirot. Là-dessus autre promenade ; ensuite autre conversation. Par la ventrebleu, a-t-il dit, j'ai du guignon, je suis amoureux de cette gracieuse personne,

fonne , & fi la Princeſſe vient à le ſçavoir ,
& y allons donc , nous verrons beau train ,
je ferai un joli mignon ; elle fera capable
de me friponer ma Mie. Jour de Dieu !
ai-je dit en moi-méme , friponer c'eſt le
fait des larrons , & non pas d'une Princeſſe
qui eſt fidelle comme l'or. Vertuchou ,
qu'eſt-ce que c'eſt que tout ce triporage-
là , toutes ces paroles-là ont mauvaiſe mine , mon Patron ſonge à la malice , & il
faut avertir cette pauvre Princeſſe , à qui
on en feroit paſſer quinze pour quatorze ;
je ſuis donc venu comme un honnête garçon , & voilà que je vous découvre le pot
aux roſes , peut-être que je ne vous dis pas
les mots , mais je vous dis la ſignification
du diſcours , & le tour gratis ; ſi cela vous
plaît.

HORTENSE *à part.*

Quelle avanture !

FREDERIC *à la Princeſſe.*

Madame , vous m'avez dit quelquefois
que je préſumois mal de Lelio ; voyez l'a-
bus qu'il fait de votre eſtime.

LA PRINCESSE.

Taiſez-vous ; je n'ai que faire de vos réflexions. (*à Arlequin*) Pour toi je vais
t'apprendre à trahir ton Maître , à te mêler
de choſes que tu ne devois pas entendre ,
& à me compromettre dans l'impertinente

répetition que tu en fais ; une étroite prison
me répondra de ton silence.

ARLEQUIN *se jettant à genoux.*

Ah ! ma bonne Dame , ayez pitié de
moi , arrachez-moi la langue , & laissez-
moi la clef des champs. Misericorde , ma
Reine , je ne suis qu'un butord , & c'est ce
miserable Conseiller de malheur qui m'a
broüillé avec votre charitable personne.

LA PRINCESSE.

Comment cela ?

FREDERIC.

Madame , c'est un valet qui vous parle ,
& qui cherche à se sauver , je ne sçai ce
qu'il veut dire.

HORTENSE.

Laissez , laissez-le parler , Monsieur.

ARLEQUIN *à Frederic.*

Allez , je vous ai bien dit que vous ne
valliez rien , & vous ne m'avez pas voulu
croire : je ne suis qu'un chetif valet , & si
pourtant je voulois être homme de bien ,
& lui qui est riche & grand Seigneur , il n'a
jamais eu le cœur d'être honnéte homme.

FREDERIC.

Il va vous en imposer , Madame.

LA PRINCESSE

Taisez-vous , vous dis-je , je veux qu'il
parle.

ARLEQUIN.

Tenez, Madame, voilà comme cela est venu. Il m'a trouvé comme j'allois tout droit devant moi. Veux-tu me faire un plaifir, m'a-t-il dit. Helas de toute mon ame; car je fuis bon & ferviable de mon naturel. Tien, voilà une piftole, grand merci; en voilà encore une autre: donnez; mon brave homme; prends encore cette poignée de piftoles, & oüida, mon bon Monfieur. Veux-tu me rapporter ce que tu entendras dire à ton Maître? Et pourquoi cela? Pour rien, par curiofité. Oh non, mon Compere? non; mais je te donnerai tant de bonnes drogues, je te ferai ci, je te ferai cela, je fçai une fille qui eft jolie, qui eft dans fes meubles; je la tiens dans ma manche, je te la garde. Oh oh, montrez-la pour voir: je l'ai laiffée au logis; mais fuis-moi, tu l'auras. Non non, Brocanteur, non. Quoi tu ne veux par d'une jolie fille?...... A la vérité; Madame, cette fille-là me trotoit dans l'ame, il me fembloit que je la voyois, qu'elle étoit blanche, potelée. Quelle fatisfaction! je trouvois cela bien friand, je bataillois; je bataillois comme un Cefar, vous m'auriez mangé de plaifir en voyant mon courage; à la fin je fuis chû. Il me doit encore une penfion de cent écus par an: & j'ai dé-

ja reçû la fillette que je ne puis pas vous
montrer , parce qu'elle n'eſt pas là , ſans
compter une prophetie , qui a parlé , à ce
qu'ils diſent , de mon argent ; de ma fortune & de ma friponerie.

LA PRINCESSE.

Comment s'appelle-t-elle cette fille ?

ARLEQUIN.

Liſette. Ah , Madame ; ſi vous voyez ſa
face , vous ſeriez ravie ; avec cette créatu-
re-là ; il faut que l'honneur d'un homme
plie bagage , ïl n'y a pas moyen.

FREDERIC.

Un miſerable , comme celui-là ; peut-il
imaginer tant d'impoſtures ?

ARLEQUIN.

Tenez , Madame , voilà encore ſa bague qu'il m'a miſe en gage pour de l'argent qu'il doit me donner tantôt. Regardez
mon innocence , vous qui êtes une Princeſſe , ſi on vous donnoit tant d'argent , de
penſions, de bagues, & un joli garçon, eſt-ce
que vous y pourriez tenir ; mettez la main
ſur la conſcience. Je n'ai rien inventé , j'ai
dit ce que Monſieur Lelio a dit.

HORTENSE *à part*.

Juſte Ciel !

LA PRINCESSE à *Frederic en*
s'en allant.

Je verrai ce que je dois faire de vous ,

Frederic ; mais vous êtes le plus indigne ,
& le plus lâche de tous les hommes.

ARLEQUIN.
Helas ! délivrez-moi de la prison.
LA PRINCESSE.
Laiſſes-moi ?
HORTENSE *déconcertée.*
Voulez-vous que je vous ſuive , Ma-
dame ?
LA PRINCESSE.
Non, Madame, reſtez , je ſuis bien aiſe
d'être ſeule ; mais ne vous écartez point.

SCENE XI.

ARLEQUIN, FREDERIC, HORTENSE.

ARLEQUIN.

ME voilà bien accommodé , je ſuis un
bel oyſeau, j'auria bon air en cage,
& puis après cela fiez-vous aux propheties,
prenez des penſions, & aimez les filles.
Pauvre Arlequin ! adieu la joye, je n'u-
ſerai plus de ſouliers, on va m'enfermer
dans un étui à cauſe de ce Saraſin-là. (*en
montrant Frederic.*)

FREDERIC.

Que je suis malheureux , Madame , vous n'avez jamais paru me vouloir du mal, dans la situation où m'a mis un zele imprudent pour les interêts de la Princesse : puis-je esperer de vous une grace ?

HORTENSE *outrée*.

Oüida , Monsieur , faut-il demander qu'on vous ôte la vie , pour vous délivrer du malheur d'être détesté de tous les hommes ; voilà , je pense , tout le service qu'on peut vous rendre , & vous pouvez compter sur moi.

SCENE XII.

Lelio arrive.

LELIO, HORTENSE, FREDERIC, ARLEQUIN.

FREDERIC.

Que vous ai-je fait , Madame ?

ARLEQUIN *voyant Lelio*.

Ah ! mon Maître bien-aimé , venez que je vous baise les pieds , je ne suis pas digne de vous baiser les mains. Vous sçavez bien le privilege que vous m'avez donné

tantôt, hé bien ce privilege eſt ma perdi-
tion ; pour deux ou trois petites miettes
de paroles que j'ai lachées de vous à la
Princeſſe, elle veut que je garde la chambre, & j'allois faire mes fiançailles.

LELIO.

Que ſignifient les paroles qu'il a dites
Madame, je m'apperçois qu'il ſe paſſe
quelque choſe d'extraordinaire dans le Palais ; les Gardes m'ont reçû avec une froi-
deur qui m'a ſurpris : qu'eſt-il arrivé ?

HORTENSE.

Votre valet payé par Frederic a rapporté
à la Princeſſe ce qu'il vous a entendu dire
dans un moment où vous vous croyiez ſeul.

LELIO.

Eh qu'a-t-il raporté ?

HORTENSE.

Que vous aimiez certaine Dame, que
vous aviez peur que la Princeſſe ne vous
l'eût vû regarder pendant la fête, & ne
vous l'ôtât, ſi elle ſçavoit que vous l'aimiez.

LELIO.

Et cette Dame l'a-t-on nommée ?

HORTENSE.

Non, mais aparament on la connoît bien,
& voilà l'obligation que vous avez à Frederic, dont les préſens ont corrompu votre
valet.

ARLEQUIN.

Oüi, c'eſt fort bien dit, il m'a corrompu, j'avois le cœur plus net qu'une perle, j'étois tout à fait gentil ; mais depuis que je l'ai fréquenté, je vaux moins d'écus que je ne valois de mailles.

FREDERIC *ſe retirant de ſon abſtraction.*

Oüi, Monſieur, je vous l'avoüerai encore une fois, j'ai crû bien ſervir l'Etat & la Princeſſe en tâchant d'arrêter votre fortune : ſuivez ma conduite, elle me juſtifie. Je vous ai prié de travailler à me faire premier Miniſtre, il eſt vrai ; mais quel pouvoit être mon deſſein ? ſuis-je dans un âge à ſouhaiter un Emploi ſi fatigant ? Non, Monſieur, trente années d'éxercice m'ont raſſaſié d'Emplois & d'Honneurs : il ne me faut que du repos ; mais je voulois m'aſſûrer de vos idées, & voir ſi vous aſpiriez vous-même au rang que je feignois de ſouhaiter. J'allois dans ce cas parler à la Princeſſe, & la détourner, autant que j'aurois pû, de remettre tant de pouvoir en des mains dangereuſes & tout à fait inconnuës. Pour achever de vous pénetrer, je vous ai offert ma fille, vous l'avez refuſée, je l'avois prévû, & j'ai tremblé du projet dont je vous ai ſoupçonné ſur ce refus, & du ſuccès que pouvoit avoir ce projet - même ; car enfin, vous avez la faveur de la Prin-

teſſe, vous êtes jeune & aimable, tranchons
le mot, vous pouvez lui plaire, & jetter
dans ſon cœur de quoi lui faire oublier ſes
véritables interêts & les nôtres, qui étoient
qu’elle épouſât le Roy de Caſtille. Voilà ce
que j’apprehendois, & la raiſon de tous les
efforts que j’ai fait contre vous ; vous m’a-
vez crû jaloux de vous quand je n’étois
inquiet que pour le bien public. Je ne vous
le reproche pas ; les vûës jalouſes & am-
bitieuſes ne ſont que trop ordinaires à mes
pareils, & ne me connoiſſant pas, il vous
étoit permis de me confondre avec eux,
de méconnoître un zele aſſez rare, &
qui d’ailleurs ſe montroit par des actions
équivoques. Quoiqu’il en ſoit, tout loüable qu’il eſt ce zele, je me voi prêt d’en
être la victime, j’ai combattu vos deſſeins,
parce qu’ils m’ont paru dangereux ; peut-
étre étes-vous digne qu’ils réüſſiſſent, &
la maniere dont vous en uſerez avec moi
dans l’état où je ſuis, l’uſage que vous ferez de votre crédit auprès de la Princeſſe,
enfin la deſtinée que j’éprouverai, décidera de l’opinion que je dois avoir de vous.
Si je péris après d’auſſi loüables intentions
que les miennes, je ne me ſerai point trompé ſur votre compte, je perirai du moins
avec la conſolation d’avoir été l’ennemi
d’un homme qui en effet n’étoit pas ver-

tueux. Si j. ne péris pas au contraire, mon estime, ma reconnoissance & mes satisfactions vous attendent.

ARLEQUIN.

Il n'y aura donc que moi qui resterai un fripon, faute de sçavoir faire une harangue.

LELIO *à Frederic.*

Je vous sauverai, si je puis, Frederic; vous me faites du tort, mais l'honnête homme n'est pas méchant, & je ne sçaurois refuser ma pitié aux opprobres dont vous couvre votre caractere.

FREDERIC.

Votre pitié! ...... adieu, Lelio, peut-être à votre tour, aurez-vous besoin de la mienne.   *Il s'en va.*

LELIO *à Arlequin.*

Vas m'attendre.

Arlequin sort en pleurant.

SCENE XIII.

LELIO, HORTENSE.

LELIO.

VOus l'avez prévû, Madame, mon amour vous met dans le péril, & je n'ose presque vous regarder.

HORTENSE.

Quoi l'on va peut-être me séparer d'a-
vec vous, & vous ne voulez pas me regarder, ni voir combien je vous aime;
montrez-moi du moins combien vous m'aimez, je veux vous voir.

LELIO *lui baisant la main.*

Je vous adore.

HORTENSE.

J'en dirai autant que vous, si vous le
voulez, cela ne tient à rien, je ne vous
verrai plus, je ne me gêne point, je dis
tout.

LELIO.

Quel bonheur! mais qu'il est traversé;
cependant, Madame, ne vous allarmez
point, je vais déclarer qui je suis à la Princesse & lui avoüer......

HORTENSE.

Lui dire qui vous êtes... je vous le défend, c'est une ame violente, elle vous
aime, elle se flatoit que vous l'aimiez, elle
vous auroit épousé tout inconnu que vous
lui êtes, elle verroit à présent que vous lui
convenez, vous êtes dans son Palais sans
secours, vous m'avez donné votre cœur,
tout cela seroit affreux pour elle; vous pé-
ririez, j'en suis sûre, elle est déja jalouse,
elle deviendroit furieuse, elle en perdroit

l'efprit, elle auroit raifon de le perdre, je
le perdrois comme elle, & toute la terre le
perdroit, je fens cela, mon amour le dit,
fiez-vous à lui, il vous connoît bien. Se
voir enlever un homme comme vous, vous
ne fçavez pas ce que c'eft, j'en frémis,
n'en parlons plus. Laiffez-vous gouverner,
réglons-nous fur les évenemens, je le veux,
peut-être allez-vous être arrêté ; ne reftons
point ici, retirons-nous, je fuis mourante
de frayeur pour vous ; mon cher Prince,
que vous m'avez donné d'amour ! N'importe, je vous le pardonne, fauvez-vous,
je vous en promets encore davantage :
adieu, ne reftons point à préfent enfemble,
peut-être nous verrons-nous libres.

LELIO.

Je vous obéis, mais fi l'on s'en prend à
vous, vous devez me laiffer faire.

Fin du fecond Acte.

ACTE TROISIEME.
SCENE PREMIERE.

HORTENSE *seule.*

A Princesse m'envoye cher-
cher, que je crains la conver-
sation que nous aurons enfemble, que me veut-elle, auroit-
elle encore découvert quelque chofe. Il a
fallu me fervir d'Arlequin qui m'a paru
fidele. On n'a permis qu'à lui de voir Lelio,
m'auroit-il trahi, l'auroit-on furpris. Voici
quelqu'un, retirons-nous, c'eft peut-être
la Princeffe, & je ne veux pas qu'elle me
voye dans ce moment-ci.

SCENE II.

ARLEQUIN, LISETTE.
LISETTE.

IL femble que vous vous défiez de moi,
Arlequin, vous ne m'apprenez rien de

ce qui vous regarde, la Princesse vous a tantôt envoyé chercher, est-elle encore fâchée contre nous ; qu'a-t-elle dit ?

ARLEQUIN.

D'abord elle ne m'a rien dit, elle m'a regardé d'un air suffisant ; moi, la peur m'a pris, je me tenois comme cela tout dans un tas, ensuite elle m'a dit, approche ; j'ai donc avancé un pied, & puis un autre pied, & puis un troisiéme pied, & de pied en pied je me suis trouvé vers elle mon chapeau sur mes deux mains.

LISETTE.

Après....

ARLEQUIN.

Après, nous sommes entrez en conversation, elle m'a dit, veux-tu que je te pardonne ce que tu as fait, tout comme il vous plaira, ai-je dit, je n'ai rien à vous commander, ma bonne Dame, elle a répondu, va-t'en dire à Hortense que ton Maître à qui on t'a permis de parler, t'a donné en secret ce billet pour elle, tu me raporteras sa réponse. Madame, dormez en repos & tenez-vous gaillarde, vous voyez le premier homme du monde pour donner une bourde, vous ne la donneriez pas mieux que moi ; car je mens à faire plaisir, foy de garçon d'honneur.

LISETTE.

Vous avez pris le billet.

ARLEQUIN.

Oüi, bien proprement.

LISETTE.

Et vous l'avez porté à Hortense.

ARLEQUIN

. Oüi, mais la prudence m'a pris & j'ai fait une réflexion ; j'ai dit par lamardi, c'est que cette Princesse avec Hortense veut éprouver si je serai encore un coquin.

LISETTE.

Hé bien, à quoi vous a conduit cette réflexion-là, avez-vous dit à Hortense que ce billet venoit de la Princesse, & non pas de Monsieur Lelio.

ARLEQUIN.

Vous l'avez deviné, ma Mie.

LISETTE.

Et vous croyez qu'Hortense est de concert avec la Princesse, & qu'elle lui rendra compte de votre sincerité?

ARLEQUIN.

Eh quoi donc ? elle ne me l'a pas dit ; mais plus fin que moi n'est pas bête.

LISETTE.

Qu'a-t-elle répondu à votre message?

ARLEQUIN.

Oh, elle a voulu m'enjoler, en me disant que j'étois un honnête garçon, en-

suite elle a fait semblant de grifoner un papier pour Monsieur Lelio.

LISETTE..

Qu'elle vous a recommandé de lui
rendre.

ARLEQUIN.

Oüi, mais il n'aura pas besoin de lu-
nettes pour le lire, c'est encore une at-
trape qu'on me fait.

LISETTE.

Eh qu'en ferez-vous donc?

ARLEQUIN.

Je n'en sçai rien, mon honneur est dans
l'embaras là-dessus.

LISETTE.

Il faut abolument le remettre à la Princesse, Arlequin n'y manquez pas; son intention n'étoit pas que vous avoüassiez que
ce billet venoit d'elle; par bonheur que
votre aveu n'a servi qu'à persuader à Hortense qu'elle pouvoit se fier à vous, peut-
être même ne vous auroit-elle pas donné
un billet pour Lelio sans cela. ; votre imprudence a réüssi : mais encore une fois,
remettez la réponse à la Princesse, elle ne
vous pardonnera qu'à ce prix.

ARLEQUIN.

Votre foy !

LISETTE.

J'entends du bruit, c'est peut-être elle
qui

qui vient pour vous le demander ; adieu,
vous me direz ce qui en sera arrivé.

SCENE III.

ARLEQUIN, LA PRINCESSE.

ARLEQUIN *seul un moment.*

Tantôt on vouloit m'emprisonner pour
une fourberie, & à cette heure pour
une fourberie on me pardonne. Quel
galimatias que l'honneur de ce pais-ci ?

LA PRINCESSE.

As-tu vû Hortense ?

ARLEQUIN.

Oüi, Madame, je lui ai menti, suivant
votre ordonnance.

LA PRINCESSE.

A-t-elle fait réponse ?

ARLEQUIN.

Notre tromperie va à merveille, j'ai un
billet doux pour Monsieur Lelio.

LA PRINCESSE.

Juste Ciel! donne vîte, & retire-toi.

ARLEQUIN *après avoir foüillé dans
toutes ses poches, les vide, & en tire
toutes sortes de brimborions.*

Ah le maudit Tailleur! qui m'a fait des

poches percées. Vous verrez que la Lettre aura paſſée par ce trou-là ; attendez, attendez, j'oubliois une poche, la voilà. Non, peut-être que je l'aurai oubliée à l'Office, où j'ai été pour me rafraichir.

LA PRINCESSE.

Vas la chercher, & me l'apporte ſur le champ. (*Arlequin s'en va . . . . . . Elle continuē*) Indigne amie, tu lui fais réponſe, & me voici convaincuë de ta trahiſon, tu ne l'aurois jamais avoüé ſans ce malheureux ſtratagême, qui ne m'inſtruit que trop ; allons, pourſuivons mon projet, privons l'ingrat de ſes honneurs, qu'il ait la douleur de voir ſon ennemi en ſa place, promettons ma main au Roy de Caſtille, & puniſſons après les deux perfides de la honte dont ils me couvrent. La voici, contraignons-nous, en attendant le billet qui doit la convaincre.

SCENE. IV.

LA PRINCESSE , HORTENSE

HORTENSE.

JE me rends à vos ordres, Madame, on m'a dit que vous vouliez me parler.

LA PRINCESSE.

Vous jugez bien que dans l'état où je suis, j'ai besoin de consolation, Hortense, & ce n'est qu'à vous seule à qui je puis ouvrir mon cœur.

HORTENSE.

Helas, Madame, j'ose vous assûrer que vos chagrins sont les miens.

LA PRINCESSE *à part.*

Je le sçai bien, perfide !..... je vous ai confié mon secret comme à la seule amie que j'aye au monde, Lelio ne m'aime point, vous le sçavez.

HORTENSE.

On auroit de la peine à se l'imaginer, & à votre place je voudrois encore m'éclaircir, il entre peut-être dans son cœur plus de timidité que d'indifference.

LA PRINCESSE.

De la timidité, Madame, votre amitié pour moi vous fournit des motifs de consolation bien foibles, ou vous étes bien distraite.

HORTENSE.

On ne peut être plus attentive que je le suis, Madame.

LA PRINCESSE

Vous oubliez pourtant les obligations que je vous ai, lui n'oser me dire qu'il m'aime, eh ne l'avez-vous pas informé de ma part des sentimens que j'avois pour lui.

HORTENSE.

J'y pensois tout à l'heure, Madame, mais je crains de l'en avoir mal informé. Je parlois pour une Princesse, la maniere étoit délicate, je vous aurai peut-être un peu trop menagée, je me serai expliquée d'une maniere obscure, Lelio ne m'aura pas entenduë, & ce sera ma faute.

LA PRINCESSE.

Je crains à mon tour que votre ménagement pour moi n'ait été plus loin que vous ne dites, peut-être ne l'avez-vous pas entretenu de mes sentimens, peut-être l'avez-vous trouvé prévenu pour un autre, & vous qui prenez à mon cœur un interêt si tendre, si généreux, vous m'avez fait un mistere de tout ce qui s'est passé, c'est une discretion prudente, dont je vous croi très-capable.

HORTENSE.

Je lui ai dit que vous l'aimiez, Madame, soyez-en persuadée.

LA PRINCESSE.

Vous lui avez dit que je l'aimois, & il ne vous a pas entenduë, dites-vous. Ce n'est pourtant pas, s'expliquer d'une maniere énigmatique, je suis outrée, je suis trahie, méprisée, & par qui, Hortense?

HORTENSE.

Madame, je puis vous être importune en ce moment-ci, je me retirerai, si vous voulez.

LA PRINCESSE.

C'eſt moi qui vous ſuis à charge, notre converſation vous fatigue, je le ſens bien; mais cependant reſtez, vous me devez un peu de complaiſance.

HORTENSE.

Helas, Madame, ſi vous liſiez dans mon cœur, vous verriez combien vous m'inquiettez.

LA PRINCESSE.

à part.

Ah je n'en doute pas..... Arlequin ne vient point. .... calmez cependant vos inquietudes ſur mon compte, ma ſituation eſt triſte à la vérité, j'ai été le joüet de l'ingratitude & de la perfidie, mais j'ai pris mon parti, il ne me reſte plus qu'à découvrir ma rivale, & cela va être fait, vous auriez pû me la faire connoître ſans doute; mais vous la trouvez trop coupable, & vous avez raiſon.

HORTENSE.

Votre rivale! mais en avez-vous une, ma chere Princeſſe? Ne ſeroit-ce pas moi que vous ſoupçonneriez encore? parlez-moi franchement? c'eſt moi; vos ſoupçons continuent. Lelio , difiez-vous tantôt , m'a regardée pendant la fête , Arlequin en dit autant , vous me condamnez là-deffus , vous n'envifagez que moi , voilà comment l'amour juge. Mais mettez-vous l'efprit en repos , fouffrez que je me retire comme je le voulois. Je fuis prête à partir tout à l'heure , indiquez-moi l'endroit où vous voulez que j'aille , ôtez - moi la liberté , s'il eft néceffaire , rendez-la enfuite à Lelio , faites-lui un acueil obligeant , rejettez fa détention fur quelques faux avis , montrez lui dès aujourd'hui plus d'eftime , plus d'amitié que jamais , & de cette amitié qui le frape, qui l'avertiffe de vous étudier , & dans trois jours , dans vingt-quatre heures peut-être fçaurez-vous à quoi vous en tenir avec lui , vous voyez comment je m'y prends avec vous ; voilà de mon côté tout ce que je puis faire. Je vous offre tout ce qui dépend de moi pour vous calmer , bien mortifiée de n'en pouvoir faire davantage.

LA PRINCESSE.

Non , Madame , la vérité - même ne peut s'expliquer d'une maniere plus naïve. Et que feroit-ce donc que votre cœur , fi vous étiez coupable après cela. Calmez-vous , j'attends des preuves inconteftables de votre innocence ; à l'égard de Lelio , je donne la place à Frederic , qui n'a péché, j'en suis sûre, que par excès de zele. Je l'ai envoyé chercher, & je veux le charger du soin de mettre Lelio en lieu où il ne pourra me nuire ; il m'échaperoit s'il étoit libre , & me rendroit la fable de toute la terre.

HORTENSE.

Ah voilà d'étranges résolutions, Madame.

LA PRINCESSE.

Elles sont judicieuses.

SCENE V.

LA PRINCESSE, HORTENSE, ARLEQUIN.

ARLEQUIN.

Madame, c'est-là le billet que Madame Hortense m'a donné . . . . . . la voilà pour le dire elle-même.

HORTENSE.

Oh Ciel !

LA PRINCESSE.

Va-t'en.   *Il s'en va.*

HORTENSE.

Souvenez-vous que vous êtes généreuse.

LA PRINCESSE *lit.*

Arlequin est le seul par qui je puisse vous avertir de ce que j'ai à vous dire, tout dangereux qu'il est peut-être de s'y fier, il vient de me donner une preuve de fidelité sur laquelle je croi pouvoir hazarder ce billet pour vous dans le péril où vous êtes. Demandez à parler à la Princesse, plaignez-vous avec douleur de votre situation, calmez son cœur, & n'oubliez rien de ce qui poura lui faire esperer qu'elle touchera le vôtre .. .. Devenez libre, si vous voulez que je vive, fuyez après, & laissez à mon amour le soin d'assurer mon bonheur & le vôtre.

LA PRINCESSE.

Je ne sçai où j'en suis.

HORTENSE.

C'est lui qui m'a sauvé la vie.

LA PRINCESSE.

Et c'est vous qui m'arrachez la mienne. Adieu, je vais me résoudre à ce que je dois faire.

HORTENSE.

Arrêtez un moment, Madame, je suis moins coupable que vous ne pensez . . . . . Elle fuit . . . . . elle ne m'écoute point; cher Prince, qu'allez-vous devenir . . . je me meurs, c'est moi, c'est mon amour qui vous perd, mon amour, ah juste Ciel!

mon

mon fort fera-t-il de vous faire périr, cher-
chons-lui par tout du fecours ; voici Frederic, effayons de le gagner lui-même.

SCENE. VI.

FREDERIC, HORTENSE.

HORTENSE.

Seigneur, je vous demande un moment d'entretien.

FREDERIC.

J'ai ordre d'aller trouver la Princeffe,
Madame.

HORTENSE.

Je le fçai, & je n'ai qu'un mot à vous
dire. Je vous apprends que vous allez remplir la place de Lelio.

FREDERIC.

Je l'ignorois ; mais fi la Princeffe le
veut ; il faudra bien obéïr.

HORTENSE.

Vous haïffez Lelio, il ne mérite plus
votre haine, il eft à plaindre aujourd'hui.

FREDERIC.

J'enfuis fâché ; mais fon malheur ne me
L

furprend point, il devoit même lui arriver plutôt, fa conduite étoit fi hardie.

HORTENSE.

Moins que vous ne croyez, Seigneur, c'eft un homme eftimable, plein d'honneur.

FREDERIC.

A l'égard de l'honneur je n'y touche pas, j'attends toujours à la derniere extrémité pour décider contre les gens là-deffus.

HORTENSE.

Vous ne le connoiffez pas, & foyez perfuadé qu'il n'avoit nulle intention de vous nuire.

FREDERIC.

J'aurois befoin pour cet article-là d'un peu plus de crédulité que je n'en ai, Madame.

HORTENSE.

Laiffons donc cela, Seigneur, mais me croyez-vous fincere?

FREDERIC.

Oüi, Madame, très-fincere, c'eft un titre que je ne pourois vous difputer fans injuftice; tantôt quand je vous ai demandé votre protection, vous m'avez donné des preuves de franchife qui ne foufrent pas un mot de replique.

HORTENSE.

Je vous regardois alors comme l'auteur

d'une intrigue qui m'étoit fâcheuse ; mais achevons. La Princesse a des desseins contre Lelio, dont elle doit vous charger ; détournez-là de ces desseins, obtenez d'elle que Lelio sorte dès à present de ses Etats, vous n'obligerez point un ingrat, ce service que vous lui rendrez, que vous me rendrez à moi-même, le fruit n'en sera pas borné pour vous au seul plaisir d'avoir fait une bonne action, je vous en garantis des récompenses au-dessus de ce que vous pouriez vous imaginer, & telles enfin que je n'ose vous le dire.

FREDERIC.

Des récompenses, Madame, quand j'aurois l'ame interessée, que pourois-je attendre de Lelio ; mais graces au Ciel, je n'envie ni ses biens, ni ses emplois ; ses emplois j'en accepterai l'embaras, s'il le faut, par dévoüement aux interêts de la Princesse ; à l'égard de ses biens l'acquisition en a été trop rapide & trop aisée à faire, je n'en voudrois pas, quand il ne tiendroit qu'à moi de m'en saisir, je rougirois de les mêler avec les miens ; c'est à l'Etat à qui ils appartiennent, & c'est à l'Etat à les reprendre.

HORTENSE.

Ha Seigneur ! que l'Etat s'en saisisse de

ces biens dont vous parlez, fi on les lui
trouve.

FREDERIC.

Si on les lui trouve, c'eft fort bien dit,
Madame ; car les avanturiers prennent
leurs mefures, il eft vrai que lorfque l'on
les tient, on peut les engager à reveler
leur fecret.

HORTENSE.

Si vous fçaviez de qui vous parlez, vous
changeriez bien de langage, je n'ofe en
dire plus, je jetterois peut-être Lelio dans
un nouveau péril ; quoiqu'il en foit, les
avantages que vous trouveriez à le fervir,
n'ont point de raport à fa fortune préfente,
ceux dont je vous entretiens font d'une
autre forte & bien fuperieurs ; je vous le
repete, vous ne ferez jamais rien qui puiffe
vous en apporter de fi grands, je vous en
donne ma parole ; croyez-moi, vous m'en
remercirez.

FREDERIC.

Madame, moderez l'interét que vous
prenez à lui, fupprimez des promeffes
dont vous ne remarquez pas l'excès, &
qui fe décreditent d'elles-mêmes. La Princeffe a fait arréter Lelio, & elle ne pouvoit fe déterminer à rien de plus fage ; fi
avant que d'en venir-là elle m'avoit demandé mon avis, ce qu'elle a fait j'aurois

crû, je vous jure, être obligé en confcience de lui conſeiller de le faire; cela
poſé, vous voyez quel eſt mon devoir
dans cette occaſion-ci, Madame, la con-
ſequence eſt aiſée à tirer.

HORTENSE.

Très-aiſée, Seigneur Frederic, vous a-
vez raiſon, dès que vous me renvoyez à
votre conſcience, tout eſt dit, je ſçai quelle
eſpece de devoirs ſa délicateſſe peut vous
dicter.

FREDERIC.

Sur ce pied-là, Madame, loin de conſeiller à la Princeſſe de laiſſer échaper un
homme auſſi dangereux que Lelio, & qui
pouroit le devenir encore, vous approu-
verez que je lui montre la néceſſité qu'il y
a de m'en laiſſer diſpoſer d'une maniere
qui ſera douce pour Lelio, & qui pourtant
remediera à tout.

HORTENSE.

Qui remediera à tout ... (*à part.*) Le
ſcelerat ! Je ſerois curieuſe, Seigneur
Frederic, de ſçavoir par quelles voyes
vous rendriez Lelio ſuſpect, voyons de
grace juſqu'où l'induſtrie de votre iniquité
pouroit tromper la Princeſſe ſur un homme auſſi ennemi du mal que vous l'êtes du
bien; car voilà ſon portrait & le vôtre.

FREDERIC.

Vous vous emportez sans sujet, Madame, encore une fois cachez vos chagrins sur le sort de cet inconnu, ils vous feroient tort, & je ne voudrois pas que la Princesse en fût informée. Vous êtes du sang de nos Souverains, Lelio travailloit à se rendre Maître de l'Etat, son malheur vous consterne, tout cela meneroit à des réflexions qui pouroient vous embarasser.

HORTENSE.

Allez, Frederic, je ne vous demande plus rien, vous êtes trop mechant pour être à craindre, votre méchanceté vous met hors d'état de nuire à d'autres qu'à vous-même ; à l'égard de Lelio, sa destinée, non plus que la mienne, ne relevera jamais de la lâcheté de vos pareils.

FREDERIC.

Madame, je croi que vous voudrez bien me dispenser d'en écouter davantage ; je puis me passer de vous entendre achever mon éloge. Voici Monsieur l'Ambassadeur, & vous me permettrez de le joindre.

SCENE VII.

L'AMBASSADEUR , HORTENSE , FREDERIC.

HORTENSE.

IL me fera raifon de vos refus. Seigneur, daignez m'accorder une grace , je vous la demande avec la confiance que l'Ambaffadeur d'un Roy fi vanté me paroît mériter. La Princeffe eft irritée contre Lelio ; elle a deffein de le mettre entre les mains du plus grand ennemi qu'il ait ici , c'eft Frederic. Je réponds cependant de fon innocence, vous en dirai-je encore plus Seigneur, Lelio m'eft cher , c'eft un aveu que je donne au péril où il eft , le tems vous prouvera que j'ai pû le faire ; fauvez Lelio , Seigneur, engagez la Princeffe à vous le confier , vous ferez charmé de l'avoir fervi , quand vous le connoîtrez, & le Roy de Caftille même vous fçaura gré du fervice que vous lui rendrez.

FREDERIC.

Dès que Lelio eft défagréable à la Princeffe, & qu'elle l'a jugé coupable, Monfieur l'Ambaffadeur n'ira point lui faire une priere qui lui déplaîroit.

L'AMBASSADEUR.

J'ai meilleure opinion de la Princeffe, elle ne défaprouvera pas une action qui d'elle-même eft loüable. Oüi, Madame, la confiance que vous avez en moi me fait honneur, je ferai tous mes efforts pour la rendre heureufe.

HORTENSE.

Je voi la Princeffe qui arrive, & je me retire fûre de vos bontez.

SCENE VIII.

LA PRINCESSE, FREDERIC, L'AMBASSADEUR.

LA PRINCESSE.

QU'on dife à Hortenfe de venir, & qu'on ameine Lelio.

L'AMBASSADEUR.

Madame, puis-je efperer que vous voudrez bien obliger le Roy de Caftille, ce Prince en me chargeant des interêts de fon

cœur auprès de vous, m'a recommandé
encore d'être secourable à tout le monde,
c'est donc en son nom que je vous prie de
pardonner à Lelio les sujets de colere
que vous pouvez avoir contre lui, quoiqu'il ait mis quelque obstacle aux desirs
de mon Maître, il faut que je lui rende
justice ; il m'a paru très-estimable, & je
saisis avec plaisir l'occasion qui s'offre de
lui être utile.

FREDERIC.

Rien de plus beau que ce que fait Monsieur l'Ambassadeur pour Lelio, Madame ;
mais je m'expose encore à vous dire qu'il y
a du risque à le rendre libre.

L'AMBASSADEUR.
Je le crois incapable de rien de criminel.

LA PRINCESSE
Laissez-nous Frederic.

FREDERIC.

Souhaitez-vous que je revienne, Madame ?

LA PRINCESSE.
Il n'est pas nécessaire.

SCENE IX.

L'AMBASSADEUR, LA PRINCESSE.

LA PRINCESSE.

LA priere que vous me faites auroit
suffi, Monsieur, pour m'engager à
rendre la liberté à Lelio, quand même je
n'y aurois pas été déterminée ; mais vôtre
recommandation doit hâter mes résolutions,
& je ne l'envoye chercher que pour vous
satisfaire.

SCENE X.

LELIO, HORTENSE *entrent.*

LA PRINCESSE.

LElio, je croyois avoir à me plaindre
de vous ; mais je me suis détrompée.
Pour vous faire oublier le chagrin que je

vous ai donné, vous aimez Hortenfe ;
elle vous aime, & je vous unis enfemble.
Pour vous, Monfieur, qui m'avez prié fi
généreufement de pardonner à Lelio, vous
pouvez informer le Roy votre Maître, que
je fuis prête à recevoir fa main & à lui
donner la mienne, j'ai grande idée d'un
Prince qui fçait fe choifir des Miniftres
auffi eftimables que vous l'êtes, & fon
cœur . . . . .

L'AMBASSADEUR.

Madame, il ne me fieroit pas d'en entendre davantage, c'eft le Roy de Caftille
lui-même qui reçoit le bonheur dont vous
le comblez.

LA PRINCESSE

Vous, Seigneur, ma main eft bien duë
à un Prince qui la demande d'une maniere
fi galante & fi peu attenduë.

LELIO.

Pour moi, Madame, il ne me refte plus
qu'à vous jurer une reconnoiffance éter-
nelle. Vous trouverez dans le Prince de
Leon tout le zele qu'il eut pour vous en
qualité de Miniftre, je me flate qu'à fon
tour le Roy de Caftille voudra bien ac-
cepter mes remercimens.

LE ROY DE CASTILLE.

Prince, votre rang ne me furprend

point, il répond aux fentimens que vous m'avez montré.

LA PRINCESSE.

Allons, Madame, de fi grands évenemens méritent bien qu'on fe hâte de les
terminer.

ARLEQUIN.

Pourtant fans moi il y auroit eu encore
du tapage.

LELIO.

Suis-moi, j'aurai foin de toi.

Fin du dernier Acte.

APPROBATION.

J'Ai lû par l'ordre de Monfeigneur le Garde
des Sceaux, la Comedie intitulée, *le Prince
travefti*, ou *l'illuftre Avanturier*, qui peut être
imprimée. A Paris le 2. Mars 1727.

BLANCHARD.

www.ingramcontent.com/pod-product-compliance
Ingram Content Group UK Ltd.
Pitfield, Milton Keynes, MK11 3LW, UK
UKHW020212130726
13696UKWH00002B/873